# 내:색[내色]

# 내:색 [내色]

## 감정에
## 색을 입히다.

이 수 진
고 미 진
박 혜 영
박 선 경
최 병 찬
김 　 별

씀, 소설집

**야무책방**

# 차례

# 검은 나비 소리

이수진

언니에게 할 말이 많아. 편지를 쓰기까지 많은 일이 있었거든. 온몸의 세포들이 예민해지고 잠 못 자는 날이 계속되었어. 한 가지 결정을 하기 전까지. 편지를 쓴 이유는 그 결정을 그리고 왜 그런 생각을 했는지 말해 주어야 할 것 같아서야. 엄마 아빠 설득하는 데 언니가 도와주면 더욱 좋겠고. 언니는 나를 위해 많은 것을 희생해 왔는데 이런 부탁까지 해서 미안해. 늘 언니에게 고마워하고 있어. 미리 말해 두지만 내가 하는 결정은 가족들에 대한 미안함 때문만은 아니야. 젬마가 죽고 많은 생각을 했어. 삶에서 소리가 주는 의미에 대해.

대학생인 언니는 웃을지 몰라. 대입 준비하기도 바쁜 고등학생이 무슨 쓸데없는 생각이냐고. 말하고 듣는 것은 세끼 밥을 먹는 것처럼 살기 위한 기본 조건인데 무슨 의미가 또 있겠느냐고. 그래 맞아. 젬마가 아니었다면 그런 생각을 한다는 건 상상조차 못했을 테지. 처음엔 나도 충격이었어. 근데 자꾸 같은 생각이 머릿속을 맴돌더라. 내 무의식의 세상 속에 이미 그런 생각이 존재하고 있었다는 듯이. 그걸 젬마가 꺼내 준 것인지도 몰라.

젬마를 생각하면 물속에 가라앉은 세상을 무기력한 내가 허우적대며 걷고 있는 느낌이 들어. 나도 모르게 한곳을 멍하니 응시하다가 눈물이 그렁그렁 차오르는 느낌도. 그런 느낌이 스펀지처럼 내 일상에 스며들면서 어느 순간 숨쉬기 어려워졌어. 아무것도 할 수 없었고. 그러다 우연히 젬마의 방을 보았어. 죽은 젬마의 SNS를. 젬마는 온라인에 있는 공간을 '젬마의 방'이라 불렀거든. 언니도 알겠지만 난 젬마의 유일한 어린 시절 친구잖아. 그 애는 자기처럼 인공와우기를 낀 친구 사귀는 걸 싫어했으니까. 나만 빼놓고.

젬마가 손가락 수다 떨자고 초대했던 SNS 방에 둘이 나눈 대화와 사진 파일 같은 것들이 아직 남아 있더라. 처음에는 그 방에 다시 들어가기가 조금 무서웠어. 그 애의 유령이 물질이 아닌 다른 차원의 세상 어딘가를 떠돌고 있는 것처럼 느껴졌거든. 환하게 웃고 있는 프로필 사진과 '생일 D-14일 ㅋㅋ'인 상태 메시지를 보기 힘들었거든. 하지만 나는 떨리는 마음으로 젬마와 보냈던 시간을 거슬러 올라가기 시작했어. 그 애가 올린 사진과 둘이 나누었던 대화를 보았지. 그러자 어떤 의심이 생기기 시작했어. 젬마의 죽음이 단순한 사고가 아닐지 모른다는. 그 애는 몹시 힘들고 아팠던 거야. 그건 소리를 찾기 위해 힘듦과 다른 차원인 것 같았어.

그 애와 나는 소리를 듣지도 말하지도 못하는 아기로 태어났잖아. 선천적 난청이었으니까. 나에게 목소리를 만들어 준 건 엄마 아빠 언니 이렇게 우리 가족들이었지. 엄마는 내가 옹알이가 없는 걸 알고 더딘 아이라 생각하며 인내심을 가졌는데 "이루리" 하고 이름을 부르는 데도 쳐다보지 않는 것에 마음이 더 철렁했다고 말하곤 했어. 그때 내가 정말 아무 소리도 듣지 못했는지 천둥소리같이 큰 소리는 들었는지는 기억나지 않아. 당연하지, 아기였으니까.

보통의 아기들은 엄마 뱃속에서 발가락을 꼼지락거릴 수 있는 18주 태아 때부터 소리를 듣고 세상을 느끼기 시작한다고 해. 느낀다는 표현은 그냥 내 생각이야. 보통 평범한 애들은 소리가 자연스러운 것일 수 있겠지만 나에겐 한

없이 큰 영역이니까. 그냥 들린다, 그냥 말한다, 라고 표현하기에는 뭐랄까 한없이 부족한 것 같아서. 소리 없이 태어난 내가 엄마의 노력 덕분에 아기 때 인공와우 달팽이관 수술을 했고 세상의 소리를 들을 수 있게 되었을 때, 나는 있잖아 걸음마라는 도전 외에 더 큰 도전을 하고 있었는지도 몰라. 그때부터였어. 소리를 듣고 말하기 위해 얼마나 많이 비틀대고 넘어졌는지. 그런데도 나의 소리 걸음마는 아직도 걷고 뛰는 것에 익숙지 못해서 여전히 뒤뚱거리고 있지만 젬마는 달랐어. 그 애도 나와 같은 시기에 수술과 재활 훈련을 했는데도 보통 사람들과 비슷한 발음을 가진 아이로 성장했지. 뒤뚱거리는 내 옆을 지나 한참 앞서 달려가는 아이라고 표현하면 쉽게 이해할 수 있으려나.

　젬마는 어릴 때부터 소리에 대한 욕심이 많았어. 인공와우로 세상의 소리가 들리기 시작하자 빨리 따라서 말하고 싶어 했지. 그것 때문에 나와 울고불고 싸운 적도 많았고. 왜 일곱 살 때였던가 내가 언어치료를 받으러 갔을 때 가끔 엄마가 언니를 함께 데려간 건 기억나? 언니 혼자 집에 두기도 학원을 돌리기도 그래서 같이 데리고 다녔잖아. 엄마와 언니는 내가 치료실에 들어가 있는 동안 대기실에 앉아 있었어. 엄마는 젬마 엄마를 비롯해 다른 엄마들과 수다 삼매경에 빠지곤 했고. 그 치료센터에는 언어치료를 비롯해 놀이치료, 감각치료, 미술치료, 음악치료 같은 치료실이 많았으니까. 엄마들은 아이들을 데리고 와서 스케줄에 맞춰 치료실에 넣어 두곤 삼삼오오 모여 믹스커피를 홀짝이며 이야기를 나누었어. 가끔 스낵이나 삶은 달걀, 오징어 같은 간식 봉지를 풀어 놓기도 하며 말이야. 언니가 통통한 오징어 다리 하나를 입에 물고 한쪽 책상에서 학교 숙제를 하거나 동화책을 읽던 모습이 어렴풋이 기억나.

어느 날인가 언어 치료를 마치고 힘들어서 눈물이 그렁그렁 맺힌 채 선생님 손에 이끌려 대기실에 도착했을 때 엄마보다 내 눈에 먼저 들어온 건 언니 옆에 앉아 동화책을 함께 읽고 있는 젬마의 얼굴이었어. 언니는 또랑또랑한 목소리로 책을 읽고 있었고 그 목소리가 보이기라도 하는 양 젬마가 언니 입술을 넋을 잃고 바라보며 자기 입을 오물거리며 따라 하고 있더라고. 그때 얼마나 심술이 났던지. 고릴라나 오랑우탄이 낼 법한 소리를 내며 둘에게 달려가 책을 뺏어 바닥에 집어 던져버렸잖아. 그때도 젬마는 어린 애 같지 않게 행동했어. 조용히 의자에서 내려와 바닥에 뒹구는 동화책을 들더니 먼지를 탁탁 털어 내곤 언니 손에 쥐여줬어. "미. 아. 내. 어. 니."라고 자기 잘못도 아닌데 더듬더듬 말하면서. 난 그때 젬마의 행동보다 그렇게라도 말할 수 있는 입술이 너무 미웠어. 난 고작해야 "어엉 어어엉 어어이"라는 소리밖에 못 내니까. 그래서 씩씩거리며 달려가 그 애 팔을 잡아 꼬집고 손가락을 물어 버렸지. 덕분에 엄마는 젬마 엄마에게 달려가 몇 번이나 고개를 숙여야 했고.

엄마와 장례식장에 갔다가 죽은 사람들 사진 속에 있는 그 애를 봤어. 대부분 점잖게 단장을 하고 카메라를 향해 어색한 미소를 지은 것 같은 할머니 할아버지 사진들이었는데, 흰 블라우스에 붉은빛이 도는 체크무늬 조끼와 리본을 달고 환하게 웃고 있는 젬마가 있었어. 언니, 난 아주 한참 동안 그 아이를 올려 봤어. 정말 티 나는 몰래카메라는 아닐까 하는 생각을 하며. 외국에서는 그런 실험을 한 영상이 많잖아. 연예인이 아닌 일반 사람들을 대상으로 하는 몰래카메라. 거리에서 소녀가 납치당하는 장면을 연출하기도 하고 어린아이가 어른처럼 아줌마들에게 비싼 음료를 사며 데이트를 신청한다거나 하는 모습을 보여 근처에 있는 사람들이 어떤 표정을 짓고 행동을 하는지를 카메라로 담는 거 말이야. 진짜 말도 안 되는 상황에서 사람들의 행동을 관찰해서 의인을 찾기도 하고 웃음을 터뜨리기도 하며 때론 감동을 주기도 하는 거.

그럼 내가 당한 몰래카메라는 젬마처럼 '친한 친구가 둘이 만난 후 일주일 만에 죽어 버리면'에 대한 것인가? 만약 진짜 그런 일이 일어나면 슬퍼하는 게 먼저일까 놀라는 게 먼저일까. 손으로 얼굴을 감싸고 주저앉아 엉엉 울어야 하나 아니면 조용히 눈물 흘리며 아랫입술을 깨물어야 하나 하는 상상을 했어. 몰래카메라인 게 밝혀지면 숨었던 사람들이 뒤늦게 등장하며 놀래켜서 미안하다고 하며 안아 주잖아. 젬마가 그렇게 벽 뒤에서 튀어나오면 꼭 끌어안아 줄 생각이었어. 엄마가 "지하 201호래" 하고 말하기 전까지는.

엄마를 따라 얼떨결에 국화꽃 한 송이를 젬마 영정사진 앞에 두고 기도했어. 눈을 감고 고개를 숙이긴 했는데 아무 생각이 안 나더라. 어른들은 장례식장을 다니며 무슨 말로 기도를 하는지 모르겠어. 난 아무 말도 떠오르지 않는데. 자리에 앉아 숟가락으로 종이 그릇 속 다 식어버린 육개장을 휘젓고 있는데 검정 상복에 창백한 얼굴을 한 젬마 엄마가 다가왔어. 엄마가 아줌마 손을 꼭 잡아 주었지. 아줌마 얼굴이 분향실에 힘없이 피어오르던 회색 연기 같아 보였어. 난 숟가락을 내려놓고 흰색 플라스틱 접시 위 물기 없는 방울토마토를 만지작거리며 젬마의 죽음에 대해 들었어.

교통사고였대. 학원 끝나고 집에 오는 도중 횡단보도에서 우회전하는 트럭에 치였다고 하더라. 트럭 운전사는 경적을 크게 울렸는데 젬마가 휴대폰을 보고 걷다가 피하지 않았다고. 경찰은 운전사의 과실도 있지만 젬마도 일정 부분 잘못이 있다고 판단하고 있대. 젬마는 보통 아이들과 같은 청력을 가졌는데 왜 경적을 듣지 못했을까 의아했어. 아줌마 말이 인공와우기가 망가져 있는 걸 나중에야 알았다고. 서로 바빠 대화할 여유가 없었지만 그래도 미리 알았더라면 그런 사고는 없었지 않았겠냐고 울먹이셨어. 젬마는 인공와우기 관리를 잘하는 아이였는데 설마 고장 난 걸 몰랐을 리 없었을 거란 생각이 들더라고.

그래 일주일 전만 해도 분명 아무렇지 않았어. 젬마와 내가 만났던 날까지도. 난 그걸 한참 뒤 젬마의 방에 들어가 생초콜릿 음료 사진을 보고 깨달았어. 그날 둘이 만났던 디저트 카페에서 찍은 사진이었거든. 우리 둘은 많은 이야기를 나누었는데 젬마는 듣는 데 아무 문제가 없어 보였어. 오히려 내가 잘 못 알아들어 문제지. 난 아직 발음이 어려워서 긴 대화와 통화가 어렵잖아. 조금 이상한 게 있었다면 젬마가 나 때문에 불편해하지 않았다는 거야. 발음 때문에 사람들이 이상한 눈으로 날 쳐다보면 젬마의 표정도 따라 굳었는데 그리고 조금 더 정확한 발음으로 톤을 높여 말하거나 했는데. 그날은 여유가 있는 얼굴이었어. 지긋이 내 얼굴을 바라본 후 달콤한 초콜릿 음료를 한 모금 마시는 모습이 뭔가 깊이 생각하는 표정이었지.

"수화 같이 안 배울래?"

찐득거리는 초콜릿 덩어리에 목이 콱 메는 줄 알았어. 젬마 입에서 수화라는 단어가 나올 줄이야. 난 왜 갑자기 그러느냐 죽을 때가 된 거냐 하고 물었지. 지금 생각해 보니 농담으로도 그런 말은 하면 안 되는 거였어. 젬마는 귀에 인공와우기를 달고 다니는 걸 빼면 듣는 것도 발음도 의사소통도 전혀 문제가 없는 아이였거든. 그런 아이가 수화에 대해 말할 줄은 정말 몰랐어. 난 배우긴 해야 하는데 어려워서 잘 모르겠다고 말했어. 젬마랑 다르게 내겐 수화를 쓰는 친구들도 있으니까. 아주 간단한 의사소통 정도는 할 줄 알면 좋겠거든. 젬마에게 넌 그런 친구도 없으니 대학가면 동아리 취미 활동으로 배우든지 하고 말했어. 젬마는 잠시 시무룩해지긴 했지만, 오른쪽 손을 들어 편 뒤 중지 약지를 내리며 단어를 만들었어. 이게 뭔지 아느냐는 표정으로. 난 묻기도 전에 "사랑해. 세계 공통. BTS도 알아"라고 말해 주었지.

"예전에는 몰랐는데 손가락으로 소리를 만들 수 있다는 게 신기해."

"필요 없잖아. 넌."

난 좀 차갑게 말했어. 젬마는 우리와 다르다고 생각했거든. 그 애도 늘 그렇게 되길 바랐고. 그런데 수화를 배

17

우겠다고 말을 하다니 너무 이상하잖아. 처음 만날 때만 해도 초콜릿 음료처럼 달콤했던 둘 사이가 점점 씁쓸해지는 것 같았어. 초콜릿에도 달고 쓴 맛이 공존하는 것처럼 우리 둘도 그랬다고 해야 할까. 지금 생각해 보면 그때 왜 못되게 굴었을까 하고 젬마에게 미안한 마음이 들어. 젬마는 나와 더 많은 이야기를 나누고 싶었던 것 같았는데. 소리 없이 손가락으로 만들어 내는 소리인 수화에 대해. 소리 없이 무언가를 창조해 내는 모든 것들에 대해.

젬마의 방엔 나비 사진이 많았어. 예전부터 좋아했던 건 아니고 수화에 관심 두기 조금 전부터였던 것 같아. 인터넷에서 찾은 것도 본인이 직접 찍은 사진도 있었어. 서울에선 나비 볼 수 있는 곳이 거의 없을 텐데. 어디서 찍은 건지는 모르겠어.

"나비가 왜 좋아?"

"소리 없이도 우아하고 예뻐."

유독 검은 나비 사진이 눈에 띄었어. 그 중 하나에 손가락을 갖다 댔어.

"이것도?"

잠시 망설이던 젬마가 입을 열었어.

"의미가 있어."

난 "무슨?"이란 말을 하며 같은 뜻인 오른쪽 검지 손가락을 세워 흔들었어.

"검은 나비는 해방이래. 경계란 뜻도 있고."

그때는 그냥 그러려니 했어. 젬마는 가끔 엉뚱한 소리를 하니까.

언니, 나 사실 그동안 한 번도 그런 생각을 못해보고 자란 것 같아. 소리가 없어도 나름의 의사소통을 하며 삶을 영위하는 생명에 대해. 젬마를 통해 나비, 기린, 해파리, 달팽이 같은 것들이 있다는 걸 알았어. 아주 많지 않아도 이상하게 동질감이 생기는 것 같았어. 나중엔 그 동물들의 삶이 궁금해지더라. 나비가 태어나 죽기까지 기린이 태어나 흙으로 돌아가기까지 일생 같은 게. 나비는 허공에서 춤을 추듯 살아가잖아. 그래서 젬마가 우아하고 아름답다 표현한 걸까.

젬마와 나는 소리 없이 태어났지만, 이 세상 사람들과 소통하는 평범한 삶을 살기 위해 소리를 만들어 왔어. 가장 열심히 한 건 젬마였고. 나와 비교할 수 없이 완벽한 발음과 소리를 만들어 낸 것도 젬마였고. 그런 아이가 소리 없는 삶을 동경하고 있다는 게 그때는 이해할 수 없었지. 그런데 언니 나도 가끔 그런 생각을 해 왔다는 걸 깨닫게 됐어. 세상엔 너무 시끄러운 소리가 많고 그 소리 때문에 고통 받는 사람들도 있잖아. 말에 말을 더하다 오해가 생기고 싸움이 일어나기도 하고. 시끄러운 세상과 소음에 지칠 때마다 인공와우기를 잠시 떼어 놓으면 또 다른 세상이 열리는 것 같아. 엄마의 시끄러운 잔소리에서도 몰래 해방될 수 있고 잠도 늘 푹 잘 수 있고 마음이 너무 심란하고 괴로울 때도 오로지 나에게만 집중할 수 있는 장점이 있거든. 모든 게 여유로워지고 상상력까지 풍부해지는 느낌이랄까.

젬마의 사진 속 나비를 천천히 다시 들여다봤어. 검은 날개에 노란 점박이를 가진 나비였는데 꽃 위에 앉아 날개를 접은 모습이었지. 젬마는 그런 나비가 되고 싶었던 걸까. 아니면 나비가 되어 가고 있었던 걸까.

'게임을 시작합니다. 사진을 클릭하세요!'

나비 사진 이후 젬마의 방에서 받은 메시지였어. 뜬금없는 물건 동물 풍경 사진을 가득 싣고 배달되었지. 젬마의 방에서 왔지만, 그 애일 거라 믿지 않았어. 보이스피싱일지 모른다고 생각했어. 가족과 아는 사람 SNS를 활용하는 보이스피싱이 유행하고 있었으니까. 어디서 고딩한테 낚시질이야라고 생각해 바로 방을 나가 버렸지. 그랬더니 젬마가 다시 초대하더라. 가출했다 붙잡혀 온 아이처럼 어리둥절하고 있는데 진짜 그 애가 맞다는거야 자기가 보낸 메시지라고. 원래 엉뚱한 행동을 잘 않는 젬마인데 이상하더라. 그따위 사진으로 무슨 게임을 하겠다고 그러는지도 몰라서 물었더니 어릴 적 언니랑 했었던 게임이라 하던데 기억나?

왜 내가 가끔 치료실에 있을 때 언니랑 젬마가 같이 있고 했었잖아. 젬마가 먼저 치료 끝내고 다음 치료 기다리는 시간에. 언니가 대기실에 있던 작은 책장에서 사진이 많이 들어 있는 책을 꺼내 사물이름과 소리맞추기 게임을 하며 놀아 주었다고 하더라고. 젬마는 그때 언니랑 했던 게 무척 재밌었나봐. 그 앤 외동딸이라 혼자였으니까. 외로워서 언니를 좋아했던 것 같기도 해. 이젠 단어를 다 아니까 그 소리를 상상하고 기억해 보고 싶다고. 그때 나는 그게 의미 의미가 있는지도 모르겠고 기분도 별로 좋지 않았어. 그래서 '너나 해'라고 답을 보냈지. 한참 친구들과 편 먹고 컴퓨터 게임 중이었거든. 젬마가 혼자 그 게임을 했는지는 모르겠어. 아마 혼자 하지 않았다면 안 했을 거야. 그런 게임을 말할 수 있는 친구는 나밖에 없으니까.

컴퓨터 게임을 마친 후 젬마의 방에 들어가 그 애가 보낸 사진 중 하나를 클릭해 봤어. 강물인지 바다인지는 모르겠지만 잔잔한 수면 위에 비가 내리는 장면이었어. 하늘에서 떨어지는 빗방울이 수면과 만나 살짝 팅기는 모습이었어. 잔잔하던 수면에 작은 파문이 일렁이는 느낌이랄까. 젬마 말대로 그럴 때는 어떤 소리가 날까 눈을 감고 상상해

봤어. 약한 비일 때와 강한 빗줄기가 쏟아질 때 소리와 느낌이 달랐어. 귀로 진짜 소리를 듣고 있지 않아도 충분히 충만히 소리를 상상하고 들을 수 있는 그런 경험을 했다고 나 할까. 물론 내가 이런 경험을 할 수 있었던 건 모두 인공와우기 덕분이야. 와우기 때문에 빗소리도 물소리도 들을 수 있고 알게 되었으니까.

젬마의 인공와우기가 고장 난 건 나를 만난 후 일주일 사이인 것 같아. 누구에게도 말하지 못했지만 사고가 난 날 젬마가 메시지를 보내왔었어. 난 그 사실을 젬마의 방에 들어갔다 얼마 전에 알았어. 젬마가 보낸 메시지 중 내가 읽지 않은 마지막 게 있다는 걸 말이야.

'풍선 ㅠㅠ'

젬마는 왜 이런 메시지를 보냈을까. 우리 같은 사람들에게 풍선은 위험한 물건이라는 건 언니도 잘 알고 있을 거야. 전기 자극을 일으키는 풍선이 인공와우에 닿으면 기계가 망가질 수도 있고 머리를 크게 다칠 수 있고 평생 소리를 듣지 못할 수도 있다는 걸. 물론 풍선 옆에 있다고 모두 사고가 나는 건 아니지만 모르고 머리에 비벼대거나 장난을 쳤다간 큰일날 수 있다는 걸 말이야. 무엇보다 한쪽 귀에 수천만 원인 첨단기계가 몇백 원짜리 풍선 때문에 영영 망가질 수 있고.

어릴 적에 풍선이 너무 갖고 싶어서 엄마한테 떼를 쓴 적이 있었거든. 아이였던 나는 수천만 원의 가치가 어느 정도 수준인지 모르니 공기를 빵빵하게 넣은 풍선이 더 중요했으니까. 그때 엄마가 말했어. "우리 집 자동차 알지? 네 오른쪽 귀에 있는 기계가 그 차하고 똑같은 가격이야. 풍선 때문에 자동차를 없앨 순 없잖니? 어디 놀러 가지도 못하는데." 난 바로 이해했어. 그 뒤 엄마 말대로 풍선은 절대 사지도 가지고 놀지도 말자 생각했어. 어디서 풍선이 날아오면 자동차가 달려온다는 상상을 하며 몸을 피했지.

누군가 풍선을 갖고 젬마를 놀리거나 괴롭혔을까. 하지만 그 애는 나처럼 무지막지하게 풍선을 싫어하고 무서워하지 않았어. 어릴 적 엄마들과 놀이공원에 놀러 갔을 때도 캐릭터 풍선 파는 가게를 지날 때 나는 피하는 데 급급했지만 젬마는 조심조심 다가가는 시도를 하곤 했어. 그 애는 용기가 있었고 악착같았어. 늘 다른 평범한 아이들처럼 행동하려 노력했지. 어린 시절 수술로 소리를 갖게 된 후 칠 년의 재활 기간에 나는 도저히 따라 하지 못할 정도로 소리의 벽을 쌓아올렸어. 그 벽 너머에 있던 불안전한 자신을 지워버리고 싶어했을 정도로. 그런 젬마가 왜 풍선이라는 메시지를 보냈을까. 젬마가 쌓아올린 벽에 균열이라도 생겨난 걸까?

고등학교에서 풍선을 사용하는 시간은 많지 않아. 스승의 날, 체육대회, 과학실험 같은 때를 빼면 말이지. 젬마의 방과 연관된 그 애 친구 SNS 사진을 보고 그 해답을 알았어. 스승의 날 친구들과 함께 찍은 사진 같았어. 칠판 근처에서 찍은 것 같았는데 '선생님날 축하해요'라는 분필로 쓴 글씨가 보였고 그 주위에 배가 빵빵하게 부푼 노랑, 빨강 풍선들이 하트 모양으로 붙어 있었지. 그 옆에 젬마가 다른 아이들 몇 명과 함께 서 있었어. 양 끝이 억지로 올라가 있는 입술과 달리 눈동자는 몹시 불안해 보였지. 좀 이상했어. 내가 알던 젬마가 아니었지. 공포가 가득한 눈빛이라니. 젬마는 자신이 인공와우 수술을 했다는 걸 드러내고 싶지 않아 했어. 늘 긴 머리로 한쪽 귀를 가리고 다녔으니까. 아무에게도 표현할 수 없었지만, 그 앤 극심한 공포를 느꼈던 게 틀림없어. 그 공포가 현실이 되어 풍선이 인공와우 기계를 고장냈을 지도 모르고.

아마 가해자인 아이는 자기가 어떤 일을 했는지도 몰랐을 거야. 그냥 풍선을 가지고 장난을 쳤겠지. 젬마 머리를 풍선으로 비벼대고 밀며 머리카락이 귀신처럼 달라붙어 올라오는 모습을 보고 깔깔대고 웃었을지도 몰라. 자존심 때문에 평범해지고 싶어서 그게 얼마나 위험한 물건인지 말하지 못한 젬마는 눈빛 속에서 홀로 떨어야 했을 테지. 그렇게 사고는 벌어졌고. 젬마의 인공와우기가 고장나게 된 거 같아. 언니 여기까지는 내 추리야. 인공와우기에 의지하고 살아가는 우린 그게 고장나면 하늘이 무너져내린 것 같은 충격을 받게 돼. 소리가 안 들리는 상황의 낯설음과 공포감도 있고 비용에 대한 부담도 만만치 않으니까. 가족들 얼굴이 자연스럽게 떠오르게 되어 있어. 젬마도 그랬겠지. 그 애가 소리에 대해 깊은 생각을 하고 있다고 해도 현실은 그렇지 않으니까. 젬마는 사고가 난 날 정상적인 인공와우기를 착용하지 못했던 것 같아. 고상이 나면 소리를 못 들을 뿐 아니라 어지럼증과 구토 증상까지 올 정도로 몸이 힘들었을 거고. 여러 가지 고민이 있었던 터라 인공와우기가 고장 났다는 말은 못한 채 학원에 갔고 횡단보도를 건너고 있었던 거야.

젬마가 소리에 대해 고민했던 이유는 풍선같이 일상의 공포였던 것 같아. 누군가에게 심한 차별과 따돌림을 당하진 않았지만, 어느 무리에도 낄 수 없는 외로움도 있었고. 겉으로 보기엔 평범했기에 늘 존중해 달라 말할 수도 없었을 테지. 그냥 말하지, 그랬어. 배려해 달라고 모두에게 말하면 되는데, 라고 젬마를 나무라고 싶진 않아. 그러기엔 그 애가 얼마나 열심히 살아왔는지 누구보다 가장 많이 알고 있는 친구이니까. 젬마가 느꼈던 세상의 벽은 얼마나 더 높았던 걸까.

어린 시절 나는 부모님에 의해 인공적인 소리를 갖게 되었어. 엄마와 아빠가 날 위해 많은 부분 관심 갖고 희생해 준 것 너무나 감사하고 또 감사해. 하지만 이젠 나도 어느 정도 컸고 아직 성인은 아니지만 내 인생에 대해 선택할 수 있는 권리는 있다고 생각해. 그 결정을 위해 여러 가지 고민하고 준비하는 것도 마찬가지고.

언니가 내 인공와우기 때문에 휴학한다는 이야길 들었어. 십 년도 넘게 착용한 와우기가 자주 고장나서 엄마가 바꾸어 주려고 크게 마음먹고 있다는 것과 집안 형편 때문에 대학등록금과 인공와우기를 동시에 지원하기 어렵다는 것도 잘 알아. 아마 젬마의 사고가 영향을 준 것도 있었겠지. 고쳐 쓰면 되는 인공와우기를 불안해하는 걸 보면 말이야.

난 젬마가 한 것처럼 이 세상 소리를 기억 속에 담아두고 있어. 만약 지금 착용하고 있는 인공와우기가 고장난다면 다시 수리해서 착용하고 싶지 않아. 고등학교를 졸업한 뒤에는 인공와우기 없이 살아 볼 생각이야. 나 말고 그런 생각을 하는 사람들이 꽤 있더라고. 필담으로도 수화로도 소통할 방법은 있으니까. 소리 없는 삶을 살다 힘들면 그땐 스스로의 힘으로 인공와우기를 다시 쓸 수도 있겠지. 그것도 나의 결정이고. 물론, 가족들이 다 반대한다면야 잠시 그 결심을 미룰 수도 있으니 너무 고집부릴까 봐 걱정하진 않아도 돼.

언니 이제 죽은 젬마의 세상, 젬마의 방에서 나오려고 해. 그 애 엄마가 사이버 장례식 이야기를 듣고 준비하고 있다는 소식을 들었거든. 젬마의 죽음을 모르는 사람들이 그 애에 대해 아직 글을 올리고 있다는 사실을 알게 되었다고 엄마를 통해 들었어. 이 세상 모든 사람이 젬마의 죽음을 아는 것도 아니고 그 애를 추모하진 않으니까 사이버 장례가 필요하다는 데 동의해. 젬마는 소리가 아닌 글이라 해도 누군가 자신에 대해 말하는 것을 더 이상 듣고 싶지 않을 거야. 그 애는 소리 때문에 십칠 년이란 시간 동안 힘들었던 아이니까.

난 그 애가 진짜 원했던 고요한 세상 속으로, 소리가 아닌 다른 차원의 의사소통과 함께하는 삶이 가능한 곳으로 나아가 보려고 해. 원래 나에게 주어졌을지도 모르는 또 다른 삶의 모습으로. 그게 이젠 부끄럽거나 불쌍한 그런 삶처럼 여겨지지 않아. 그만큼 단단해졌는지도 몰라. 소리가 없는 삶을 살지만, 자신들만의 방식으로 우아하고 아름다운 삶을 표현하고 살아내는 나비처럼. 한 마리 나비가 되어 또 다른 젬마의 방으로 날아가 보려고.

그 애의 말소리를 다시 들을 수 없지만 기억 속에 저장된 그 애의 모든 소리를 만나러.

# 푸른 새벽

고미진

새벽이면 일찍 눈이 떠졌다. 작은방 창문으로 바라보면 온통 푸른색이었다. 여름의 습기가 느껴졌다. 무성히 자라는 잡초와 뒷산의 나무는 저마다 창백하게 물들어 있었다.

학교까지 버스도 다니지 않는 길, 아빠가 차로 태워주면 5분이면 갈 수 있는 길을 30분씩 걸어서 학교에 갔다. 꽃잎, 나뭇잎, 개울, 주인을 알 수 없는 무덤 그리고 대문이 환히 열려있는 집들. 그 집이 내게 말을 걸어온 건 여름이었다.

그 집에선 참을 수 없는 냄새가 났다. 언덕 너머 담장 뒤편에 무엇이 있는지 알 수 없었지만 풍기는 냄새는 명확

했다. 오물 냄새, 썩어가는 냄새, 피비린내 같은 것. 학교에 가는 아침이면 조금 덜 했고, 집에 돌아오는 뜨거운 한낮이면 더 심했다. 나는 역하게 올라오는 구역질을 참고 뒤를 돌아봤다. 사람이 살기 위해 만든 비닐하우스였다. 동네에 있는 비닐하우스는 모두 농사를 짓기 위한 것이었다. 그 집만 빼고.

어느 저녁, 참을 수 없는 냄새에 대해 엄마에게 말했다.

"엄마, 거긴 진짜 이상해. 냄새가 너무 심해."

엄마는 마늘을 까던 손을 잠시 멈추고 나를 바라봤다.

"진아야, 설희 말이야. 비닐하우스에 산다고 뭐라고 하면 안 돼."

"왜?"

"거기 살고 싶어서 사는 건 아니잖아. 알겠지?"

마늘을 절구통에 넣는 엄마 앞에서 고개를 끄덕였다. 곧 쿵쿵 작은 손절구에 마늘이 으깨졌다. 엄마가 뭘 말하고 싶은지 알고 있었다. 우리는 설희를 비닐하우스에 사는 애라고 부르지 않았다. 설희는 '개집'에 사는 애였다.

○

　한 학년이 한 반뿐인 작은 학교에 5년째 다니고 있었다. 설희는 작년에 이사를 왔다. 시골 학교에 드문 전학생이었다. 설희가 온 후 우리 마을에 냄새나는 '개집'이 생겼다.

　설희는 긴 머리를 차분하게 묶고 있었다. 겉으로 보면 그 애를 특이하게 볼 만한 것은 없었다. 하지만 가까이 다가기면 누린내가 났다. 옷을 빤다고 해서 사라지는 냄새가 아니었다. 오랫동안 공기에 스며들어 떨쳐낼 수 없는 냄새. 왠지 모르게 사람을 기분 나쁘게 만드는 냄새.

　설희는 내 대각선 앞에 앉아있었다. 코끝에 아침에 맡았던 개집의 누린내가 다시 나는 것 같았다. 다른 애들은 괜찮은 건가. 설희의 옆자리에 앉은 여자애가 자연스럽게 지우개를 빌렸다. 살짝 웃기도 했다. 집에 갈 때 또 그 길을 지나쳐야 하는데. 나는 미간 사이에 인상을 잔뜩 쓰며 책상 위에 엎드렸다.

　학교가 끝나면 군부대에 사는 애들은 부대 버스를 타고 하교했다. 마을에 사는 아이들은 서너 명씩 모여서 집으로 걸어갔다. 자전거를 타기에는 오르막이 가팔랐고 농사일이 바쁜 아빠들은 데리러 오지 않았다. 구멍가게에서 파는 아이스크림도 매일 먹을 순 없었다. 어차피 몇 걸음 걸어가면 녹아서 끈적함만 손에 남을 뿐이었다. 해는 쨍쨍 내리쬐고 마실 물은 없었다. 앞에 설희가 걸어가고 있었다.

"같이 가자고 부를까?"

"아니. 부르지 마. 냄새 나."

소라에게 그렇게 말하고 일부러 더 신나게 수다를 떨었다. 왼쪽에 있는 작은 언덕으로 설희가 올라갔다. 두꺼운 보온덮개와 검은 차광막으로 덮어놓은 비닐하우스가 보였다. 담장 안쪽으로 개들이 시끄럽게 짖어댔다. 한낮의 더위에 무르익은 냄새는 깊숙이 들어와 속을 뒤틀리게 했다. 우리는 설희가 언덕 위로 사라지는 모습을 바라봤다. 소라에게 물었다.

"쟤는 저 냄새가 안 나나?"

"설마, 이렇게 심한데?"

"저기 뭐가 있길래 냄새가 나는 걸까."

"개들이 있겠지. 개장수 집이라잖아."

"그래도 너무 심하지 않아?"

"저번에 봤어. 고무통에 음식물 쓰레기를 잔뜩 담아서 가져오는 거."

소라는 그렇게 말하며 코를 쥐었다. 나는 숨쉬기도 어려웠지만 한 번 더 냄새를 들이마셨다. 그러자 옆에서 걸어가던 현정 언니가 우리를 보고 말했다.

"그건 개들 먹이일 거야. 음식만 썩으면 다행이지. 죽은 개가 있을지도 몰라."

"뭐?"

"개장수가 뭐 하는 사람일 것 같아?"

그때, 기억이 났다.

"지난번에 한창 비가 내릴 때, 그날따라 날이 개어서 운동화에 양말을 신었거든. 그런데 개집 언덕에서 물이 콸콸 흘러 내려오는 기야. 울퉁불퉁한 시멘트를 건너뛰는데 신발 위로 물이 넘쳐버렸어. 그때 발에 물컹한 게 밟혔거든. 그게 뭐였는지 알아?"

소라가 흥분해서 대답했다.

"내장! 맞지?"

개 내장을 두 눈으로 본 날, 냅다 소리를 질렀지만 길가에는 아무도 없었다. 내장에서 흘러나온 물이 묻었다고 생각하니 온몸에 소름이 돋았다. 운동화 밑창을 바닥에 문질러 봤지만 꺼림칙했다.

셋이 눈을 마주치는 동안, 언덕 위에서 저벅저벅 걸어오는 사람이 있었다. 설희 아빠가 오물이 덕지덕지 묻은 바가지를 들고 우리 쪽을 쳐다봤다. 바가지에 담긴 뭔가가 바닥으로 뚝뚝 떨어졌다. 언니가 소리쳤다.

"야, 뛰어."

우리는 뭐라도 잘못한 사람처럼 아저씨가 보이지 않을 때까지 헐떡거리며 달렸다.

○

아빠는 착한 사람이었다. 적어도 밖에서 볼 때는 그랬다. 바보 같은 사람이기도 했다. 아저씨들 사이에서 자기 밥그릇도 못 챙기는 것 같았으니 말이다.

아빠는 여름이면 나와 남동생을 트럭에 태워 집 근처 놀이동산에서 운영하는 야외 수영장에 데려다주었다. 동물원에는 밥을 제대로 먹고 있는지 의심되는 원숭이 몇 마리가 있었다. 수영장에는 우리뿐이었다. 햇볕은 너무 뜨겁고 물은 차가웠다. 나뭇잎이 떨어져 있는 물 안에 들어갔다가 화들짝 놀라 소리를 질렀다. 물에선 개구리가 헤엄치고 있었다.

그렇게 물놀이를 하는 둥 마는 둥 하고 밖으로 나오면 아빠는 매점에서 파는 핫바를 내밀었다. 우리는 허겁지겁 허기를 채우며 그해 여름도 잘 보냈다고 생각했다. 집에 돌아와서 일기를 썼다. 오늘도 참 재미있었습니다.

여름 방학하는 날 학교에서 멸균우유를 한 박스씩 나눠줬다. 빨대가 붙은 네모난 팩 우유가 빼곡히 꽂혀있었다. 아이들은 우유를 받는 애들과 그렇지 않은 애들로 나뉘었다. 깔끔하고 향기 나는 군부대 애들은 대부분 우유를 받지 않았고 삐질삐질 걸어서 집까지 가야 하는 마을 애들은 우유를 받았다. 내 책상 위에는 우유가 놓였다.

안 그래도 교과서를 가져가라고 해서 가방이 무거운데 우유까지 받으면 어떻게 가야 하는지 한숨만 나왔다. 남자애들은 씩씩하게 우유를 들고 걸음을 옮겼지만 나는 도저히 불가능했다. 교문 앞에서 초등학교 3학년인 남동생 진수를 만나 우유가 두 박스가 되고 말았다. 학교 앞 구멍가게에서 공중전화 수화기를 들었다. 1541번을 누르면 공짜로 전화를 걸 수 있었다. 엄마가 전화를 받았다.

"무거워서 못 가겠어. 아빠보고 데리러 오라고 하면 안 돼?"

"말해볼게. 천천히 올라오고 있어."

점심을 안 먹고 방학식을 했지만 해가 곧 하늘 위로 떠올랐다. 나는 동생에게 자기 몫의 우유를 들고 걸으라고 시켰다. 하지만 동생은 얼마 못 가 바닥에 우유를 내려놓고 징징댔다.

"누나 저기 전봇대까지만 들어주면 안 돼?"

내 우유 위에 동생의 우유를 하나 더 올렸다. 동생은 신이 나서 앞으로 달려갔다.

"누나, 여기야! 여기까지만 오면 돼!"

겨우 발을 옮겨서 전봇대 앞에 풀썩 주저앉고 말았다. 살짝 남은 나무 그늘에서 개울을 바라봤다. 이딴 우유가 뭐야 도대체. 못살아서 우유를 준다는데 왜 우유마저 나를 괴롭히는 걸까.

아빠의 하얀 트럭은 보이지도 않았다. 땀방울이 얼굴로 흘러내렸다. 우유를 개울 밑으로 던져버릴 생각을 하면서 애꿎은 돌멩이를 발로 차고 있었다. 그때, 파란색 트럭이 우리 앞에 섰다. 앞 좌석에서 창문을 내린 건 설희였다. 설희네 아저씨가 소리쳤다.

"설희 친구지? 집까지 태워줄까?"

나는 눈을 동그랗게 뜨고 개장수집 트럭을 타야 할지 말아야 할지 고민했다. 그런데 동생이 먼저 대답했다.

"네! 태워주세요. 타고 가자. 응? 힘들어 죽겠다."

아저씨는 흔쾌히 차에서 내려 뒷좌석 문을 힘차게 열고 우유 두 박스를 위로 올려 넣었다. 동생이 먼저 올라갔고 나도 눈치를 보며 차 위에 올랐다. 차가 달리니 바람이 불어서 시원했다. 설희는 아무 말도 하지 않았다. 아주 잠깐 달렸을 뿐인데 벌써 설희네 집에 도착했다.

"아저씨, 저희 여기에서 내릴게요. 아빠가 오신다고 했어요."

"집까지 데려다줄게."

"아니에요. 가다가 엇갈릴 수도 있어서요."

파란 트럭은 그렇게 우리가 '개집'이라고 부르는 집 앞에 우리를 내려놓고 울퉁불퉁한 언덕 위로 사라졌다. 그날 아빠의 트럭은 집에 도착할 때까지 보이지 않았다.

○

바닥에는 소주병이 굴러다니고 있었다. 아빠는 한낮부터 얼굴이 벌겠다. 집에 들어서자마자 신경질을 내려고 벼르고 있었는데 아무 말도 할 수 없었다. 엄마가 입 모양으로 미안하다고 말했다. 밥상에 앉은 아빠는 컵에 소주를 따르고 있었다. 이미 울그락불그락 화가 난 것 같았다. 우유를 내려놓고 조용히 방으로 들어가려는데 아빠의 목소리가 뒷덜미를 낚아챘다.

"야, 아빠한테 인사도 안 하냐."

"다녀왔습니다."

진수가 엉거주춤 인사를 했다. 빨리 들어와. 나는 연신 손짓을 했다. 그게 오히려 화를 돋운 모양이었다.

"아니, 저 썩을 년이. 뭐라는 거야?"

아빠가 앉은뱅이 상에 컵을 탁 내려놨다. 아빠와 두 눈을 마주치고 말았다. 나는 방에 들어가 문을 닫아버렸다. 2학기에 새로 배울 책들을 꺼내 책상에 올려놓으며 불안한 마음을 다잡았다. 아닐 거야. 무사히 지나갈 수도 있잖아. 오늘은 아닐 거야.

동그란 방문 손잡이에 누르면 달칵하고 들어가는 잠금장치가 있다. 아빠는 한 번도 이 문을 부순 적이 없었다. 하지만 아빠가 엄마의 머리채를 잡는 밤, 진수와 밖에서 들려오는 소리에 귀를 기울이는 것은 또 다른 고문이었다. 그런 밤이면 거실 텔레비전 옆에 놓인 빨간색 전화기를 생각했다. 방에 전화기가 있다면 신고할 수 있었을까. 그건 언제나 상상일 뿐이었고 우리는 단 한 번도 전화기를 든 적이 없었다.

아빠는 혼자 흐느껴 울었다. 밖에서는 달그락거리는 소리와 웅성거리는 텔레비전 소리가 들렸다. "아이 씨발, 나가야지." 술에 취한 아빠는 신발도 제대로 찾아 신지 못하는 모양이었다. 끼익하고 기분 나쁜 현관문 소리가 들렸다. 아빠가 나가고 나니 마음이 한결 가벼웠다.

"진아야 나와. 점심 못 먹었지."

"아빠 뭐야, 오늘은 왜 또 저래?"

"오늘이 할머니 기일이야."

엄마는 그게 비밀이라도 되는 것처럼 속삭였다. 할머니 기일인데 어떻게 또 술을 먹을 수 있는 거지. 아빠를 이해할 수 없었다. 가슴 속에 끓어오르는 화가 가득했다. 엄마는 뒤늦게 밥상을 차렸다. 진수는 학교에서 나눠준 우유를 쪽쪽 빨아먹고 있었다. 셋이 앉아 한술 뜨려는 순간, 밖에서 깨갱거리는 소리가 들렸다.

"깨갱, 깽 깽"

마당에는 개 두 마리가 묶여 있었다. 하나는 복슬복슬한 발바리 누룽지, 다른 하나는 하얗고 덩치가 큰 진돗개 만두였다. 지금은 다 커서 마당에 묶여 있지만 모두 어렸을 때부터 쓰다듬어 키운 개였다. 개의 울부짖는 소리가 끊일 듯 끊이지 않고 들려왔다. 밥숟가락을 들다 말고 눈을 질끈 감았다. 개들이 낑낑거릴 때마다 내가 쥐어 터지는 것처럼 아팠다. 밥숟가락을 내려놓고 자리에서 벌떡 일어섰다.

"진아야, 나가지 마. 응?"

"아니 어떻게 안 나가?"

엄마가 간절한 눈빛으로 잡아 세웠지만 나는 어느새 현관에서 슬리퍼를 신고 있었다. 부리나케 몇 개 안 되는 계단을 뛰어 내려갔다. 아빠는 개집을 발로 걷어차고 있었다. 깨갱 깨갱 깨갱. 누룽지는 집 밖으로 나왔다 들어갔다 하다 허물어져 가는 집 안 깊숙이 들어가서 낑낑댔다. 목줄 때문에 도망칠 곳이 없었다. 만두는 컹컹거리며 아빠를 보고 짖었다.

"씨발, 너는 주인을 알아 몰라. 이 개새끼가."

아빠가 마당에 널브러져 있던 폐목재를 집어 들었다. 만두의 짖는 소리가 더 커졌다.

"하지 마! 하지 말라고!"

내가 달려가며 소리쳤지만 아빠는 들리지 않는 듯했다. 아빠는 커다란 개를 각목으로 내리쳤다. 개는 그저 아무렇게나 때려도 되는 샌드백 같은 존재였다. 만두가 낑낑거리며 꼬리를 내렸다.

"하지 마!"

내가 팔을 잡고 늘어지자 아빠는 나를 그대로 밀쳐냈다. 술기운이 올라왔는지 희번덕거리는 눈빛은 흰자가 벌겋다.

"쌍년아. 너도 내가 아빠로 안 보이지?"

아빠가 각목을 들고 다가왔다. 나는 소리쳤다.

"왜 아무 잘못도 없는 애들을 패는 건데? 왜 그러는 거냐고!"

아빠가 나를 내리찍으려는 찰나, 엄마가 달려 나왔다.

얼마나 크게 악을 쓰며 소리를 질렀는지, 아빠의 손에서 나무가 미끄러져 바닥에 떨어졌다. 엄마는 신발도 제대로 신지 못하고 나를 감싸 안았다.

"그만해요, 그만!"

엄마가 사정없이 등짝을 때렸다. 마치 내가 잘못했다는 것처럼.

"너, 개가 뭐가 중요해. 어? 개가 뭐가 중요하냐고!"

등짝이 뭉근하게 달아올랐다. 엄마는 내 손을 잡고 아빠에게서 멀어졌다. 진수가 그 장면을 울먹이며 보고 있었다. 오후 예배를 보는 집 앞 교회에서 종이 울렸다. 우리는 도망갈 곳이 없었다.

○

설희는 조용한 아이였다. 그 애는 햇빛이 잘 드는 창가를 좋아했다. 체육관에 불이라도 꺼져 있으면 햇빛을 찾아 커튼 밑으로 갔다. 혼자 있는 것 같아서 다가가 보면 허공에 대고 중얼중얼 이야기를 하고 있었다.

"야, 뭐해?"

설희는 눈치를 보며 언제 그랬냐는 듯 입을 꾹 다물었다. 그리고 어색한 미소를 지으며 자리를 떠났다. 어떤 아이는 설희가 약간 모자란다고 했고 다른 아이는 설희가 죽은 사람을 본다고 했다. 떠도는 소문 중에 뭐가 맞는지 알 길이 없었다.

그날도 나는 가냘픈 종잇장처럼 의자에 기대있었다. 산다는 건 하루하루를 버텨내는 일 같았다. 뱀 두 마리가 꼬리를 물고 빙글빙글 돌고 있었다. 멀리 뒤처진 나는 멍하니 창밖을 바라봤다. 그때 설희가 다가와 먼저 말을 걸었다.

"무슨 일 있지?"

"아냐. 피곤해서."

피곤하다는 핑계를 댔지만 그 애는 뭔가 알고 있는 것만 같았다. 설희는 별 말 없이 빈 의자에 걸터앉았다. 멀지도 그렇다고 가깝지도 않게. 우리는 아무 말도 하지 않고 나란히 햇빛을 바라봤다.

"조심해."

"뭐?"

뜻밖의 말에 나는 찡그리며 고개를 돌렸다. 설희는 그런 나를 보고 한마디를 더했다.

"꼭 지켜내야 해."

설희가 나를 쳐다봤다. 설희의 검은 눈동자가 반짝하고 빛난 것 같기도 했다. 나는 뭘 조심해야 하는지 묻고 싶었지만 그러지 못했다. 오랫동안 머금었던 말을 내뱉을까 하다가 다시 목구멍으로 꿀꺽 삼켜버렸다. 설희는 원래의 말 없고 수수한 모습으로 돌아와서 시선을 창가로 옮겼다. 나는 입을 다물었다. 그리고 햇빛의 온기에 기대어 창을 바라봤다.

○

마당에는 항상 개가 묶여 있었다. 어떤 개가 처음이었는지는 잘 모르겠다. 볼록한 배를 씰룩거리며 걸어 다니던 강아지를 기억한다. 부드럽고 따뜻한 털과 까만 눈망울, 촉촉한 코를 비비던 모습을.

할머니 할아버지가 살아계시던 시절 여름이면 마당에서 개를 잡았다. 일 년에 딱 하루 복날이었다. 할아버지는 식당에서 끓인 건 믿을 수가 없다며 집에서 끓인 개장국을 먹겠다고 하셨다.

어느 여름날 나는 개가 어디 갔냐고 울며불며 난리를 쳤다. 어렸을 땐 몰랐지만 곧 키우던 개 한 마리가 한솥 가득 보신탕으로 끓여지는 걸 알게 되었다. 다음 해부터 복날 잡을 개를 한 마리씩 통째로 사 왔다. 동네 아저씨들은 재미난 일을 벌이기라도 하는 듯 죽은 개의 잔털을 태우며 웃었다. 그걸 보고 나면 코끝에 탄내가 났다.


　엄마가 닭 잡는 걸 종종 구경했다. 닭장에서 닭을 꺼내 목을 비틀면, 닭은 푸드덕푸드덕하다 곧 움직임을 멈췄다. 엄마는 닭 목을 허벅지와 종아리 사이에 끼워놓고 움직임이 잦아지기를 기다렸다. 깃털이 숭숭 뽑히고 나면 비로소 마트에서 볼 수 있는 희멀건 모습이 됐다.
　엄마는 능숙하게 배를 갈라 내장을 하나씩 꺼냈다. 먹을 수 있는 건 따로 물에 씻었고, 그렇지 않은 건 버렸다. 특히 똥이 가득 들어있는 대장은 터지지 않게 조심해야 했다. 닭의 배 속에는 아직 달걀이 되지 못한 알들이 여러 개 들어있었다. 껍질이 단단해지지 못한 알은 주황빛이었다. 탁구공만 한 것도 있었고 메추리알처럼 작은 것도 있었다.
　"엄마 저게 자라면 달걀이 되는 거 맞지?"
　"어, 맞아."
　엄마는 닭 잡은 걸 정리했고 코끝엔 비릿한 냄새가 남았다. 그날 우리는 삼계탕을 먹을 수 있었다.


　개를 잡는 날이 되면 나는 현실을 담담히 받아들였던 것 같다. 개도 고기니까 그저 닭을 잡아 삼계탕을 끓이는 거랑 비슷하다고. 다만 그 개가 내 손으로 키운 개만 아니면 된다고 말이다. 어른들이 분주하게 움직이는 시간이 지나면, 엄마는 살코기를 담아서 가지고 들어왔다. 그리고 거기에 갖은양념을 했다.

"먹어볼래?"

엄마가 비닐장갑을 낀 손으로 고기 하나를 내밀었다. 진수가 냉큼 받아먹었다. 진수는 가마솥에 된장을 풀어 푹푹 끓인 개장국도 맛있다며 싹싹 긁어먹었다. 나도 고기를 받아서 입에 넣고 씹었다. 쫄깃하고 고소하기도 했지만 더 먹지는 않았다. 그게 어떤 고기인지 알기 때문에 먹을 수가 없었다. 왜 닭은 아무렇지 않게 먹는데 죽은 개를 먹는 건 죄책감이 드는 걸까.

○

교회에서 종이 울리는 오후. 막막한 여름방학이 이제 시작되고 있었다. 한낮의 열기가 꺾여갈 때까지 아빠는 들락거리며 우리를 불안하게 만들었다. 주방에서 소주를 물처럼 따라 들이키는가 하면 밭에서 엄마를 소리쳐 부르기도 했다.

엄마는 아빠를 쫓아다니며 농사를 도왔다. 아니, 모든 일은 엄마가 해내고 아빠는 그저 소리만 칠 뿐인지도 모르겠다. 엄마의 미간 깊숙이 패인 주름은 웃을 때도 사라지지 않았다. 엄마는 저녁이면 헛헛한 배로 고추장에 나물을 넣어 비벼 먹고 또 먹었다. 청양고추를 우적우적 씹으며 땀을 흘려냈다. 엄마는 늘 그랬듯 견디고만 있었다. 그 묵묵함을 참을 수가 없었다.

"엄마는 아빠가 저러는 게 지겹지도 않아?"

"지겨워도 어쩌겠니. 아빤데."

엄마는 전날 어떤 일이 있었는지도 모르는 아빠를 위해 밥을 차렸다. 그 모습을 보면 속에서 화가 치밀었다. 아빠가 그랬던 것처럼 당장 달려가서 밥상을 엎어버리고 싶었다. 소리치고 화내고 뜨거운 국그릇을 얼굴에 쏟아버리고 싶었다.

오후 내내 진수와 텔레비전을 봤다. 텔레비전을 보면 불안함이 좀 가시는 것 같았다. 그 안의 세상은 즐겁고 안전했다. 밖에서 무슨 소리가 나던지 반쯤 다른 세상에 와 있는 것 같았다.

날이 저물고 있는데 어느새 엄마 아빠가 보이지 않았다. 마당에 있던 하얀 트럭도 사라졌다. 고개 너머 하우스에 일하러 간 모양이었다. 학교 가는 길은 앞길이었고, 하우스에 가는 길은 뒷길이었다. 핸드폰이 있는 아빠에게 전화해 볼까 고민하다 진수를 불렀다.

"우리끼리 라면 끓여 먹을래?"

"그래, 좋아."

진수는 텔레비전에서 눈을 떼지 않고 대답했다. 찬장에서 라면 두 개를 꺼내 냄비에 물을 올렸다. 밥솥에는 밥이 조금 남아 있었다. 싹싹 긁어 한 공기 담고 빈 밥솥을 바라봤다. 엄마 아빠가 돌아와서 먹을 밥이 필요했다. 라면물이 끓는 동안 밥솥이 칙칙 소리를 내며 뜨거운 김을 뿜었다.

"빨리 와, 다 됐어."

진수가 라면을 후루룩 먹었다. 뭐가 좋은지 싱글벙글이었다.

"누나, 이렇게 둘이 먹으니까 더 재밌다."

재밌긴 뭐가 재밌어. 나는 대꾸도 없이 면발을 건졌다. 시계를 보니 벌써 8시가 되어 가고 있었다. 더 어두워지기 전에 와야 할 텐데. 텔레비전 불빛이 번쩍거리는 거실에 형광등을 켜고 전화기를 들었다. 아빠의 핸드폰 번호를 누를 때마다 띠, 띠 하는 전자음이 들렸다. 진수도 궁금한지 옆에 와서 앉았다. 신호는 가는데 아무도 전화를 받지 않았다.

무슨 일이지. 다시 번호를 누르고 수화기를 귀에 댔다. 보통 아빠에게 전화를 걸면 엄마가 받았다. 아빠는 걸핏하면 핸드폰을 잃어버렸고 핸드폰을 찾아내는 일은 엄마 몫이었다. 결국 아무도 전화를 받지 않았다.

달칵. 수화기를 내려놓고 시계를 봤다. 저녁도 안 먹고 일하기엔 너무 늦은 시간이었다. 가 봐야겠다는 생각이 들었다. 장갑이며 옷가지가 어지럽게 놓여 있는 신발장 위에서 손전등을 찾았다. 저녁에 개밥 줄 때 들고 나가던 손전등이었다.

"누나, 어디 가?"

"하우스에 가보려고. 텔레비전 보고 있어."

진수는 현관문 앞에서 신발을 찾아 신었다.

"나도 같이 갈래. 무섭단 말이야."

"집인데 뭐가 무서워."

"싫어. 나도 갈 거야."

진수가 먼저 신발을 신고 현관문을 열었다. 손전등은 커다란 크기에 비해 빛은 희미했다. 건전지가 거의 떨어져 가는 모양이었다. 개들이 꼬리를 치며 우리를 반겼다. 나는 누룽지와 만두에게 사료를 한 움큼 쏟아주었다.

진수는 시키지도 않았는데 옆에 딱 붙어서 팔짱을 꼈다. 우리는 어둠을 헤치며 걷기 시작했다. 하우스까지는 집 앞 교회를 지나 언덕 하나를 넘어야 했다. 언덕 밑에는 할머니 할아버지가 잠들어 있는 산소가 있었다. 그곳은 오래도록 이어진 가족 묘소라 밤에 봐도 하나도 무섭지 않았다. 오히려 그 안에 계신 할머니, 할아버지가 우리를 지켜 줄 거라는 생각도 들었다.

그 시절엔 방패막이 있었다. 아빠에게 호통을 쳐 줄 할아버지가 계셨으니까. 아빠가 미친 사람처럼 날뛰는 날에도 진수와 둘만 남아있지 않아도 됐다. 할머니가 우리를 안고 계셨다. 할머니는 연신 "괜찮다. 괜찮다."고 말하면서 밖에서 나는 소리는 듣지 말라고 했다. 어렸던 우리는 할머니 품에서 그대로 잠이 들었다.

어떤 밤은 소스라치게 길고 어둡다. 할머니가 쓰러진 밤이 그랬다. 아빠는 차라리 죽어버리겠다며 농약병을 찾아들었다. 엄마와 실랑이를 벌이는 사이 아빠는 농약 대신 술을 벌컥벌컥 들이켰다.

소주병은 와장창 깨져버렸다. 아빠는 무엇이든 던질 수 있었다. 어떤 값비싼 물건도 그 앞에선 종잇장처럼 부서졌다. 술이 삼켜버린 괴물과 싸우는 건 아무런 승산이 없었다. 무슨 말을 해도 아빠는 그 안에서 빙글빙글 돌고 돌 뿐이었다. 아빠는 엄마를 방 안으로 끌고 들어갔다. 문짝이 떨어질 것처럼 닫혔다.

"야, 이 씨발년아."

고성과 날카로운 비명이 심장을 꽉 쥐었다. 그런 날 심장은 바짝 오그라들어 온몸을 움켜쥐고 맥박 뛰는 소리를 냈다. 피가 조여졌다 흘렀고 다시 꽉 조여졌다. 할머니가 우리를 안고 있다가 간신히 일어서 방문을 열고 소리쳤다.

"애, 그만 나와라."

엄마는 얼굴이 벌게져서 머리채를 풀어헤친 채 눈물을 떨구고 있었다. 엄마가 주섬주섬 아빠의 손에서 풀려나오자 아빠는 곧장 할머니를 덮쳤다. 아빠는 조그만 할머니의 숨통을 한 손으로 잡았다. 할머니는 숨이 넘어갈 것 같이 컥컥거렸다. 할아버지가 간신히 아빠를 떼어 놓았지만 아빠는 여전히 할머니에게 달려들 기세로 씩씩거렸다.

협심증이 있던 할머니는 나에게 혀 밑에 넣는 약을 꺼내달라고 했다. 조그만 유리병에 들어있던 비상용 알약 하나를 꺼냈다. 내가 알약을 늦게 꺼내서 할머니가 잘못되기라도 할까 봐 손에 땀이 났다. 할머니는 약을 혀 밑에 넣고도 아빠에게 울며 사정했다.

"얘야, 그만해라."

아빠는 엄마를 잡는 걸 멈추지 않았다. 할머니가 휘청하고 주저앉았다. 이번엔 우리가 할머니를 안았다. 할머니는 흐느끼며 숨을 몰아쉬었다. 숨이 잘 들어가지 않는지 헉헉거리는 소리가 위태로웠다. 그때 진수와 내가 기댈 수 있는 따스한 손이 툭 떨어졌다.

할머니가 쓰러지자 비로소 아빠는 제정신으로 돌아온 것 같았다. 의식이 없는 할머니를 앞에 두고 아빠는 무릎을 꿇고 앉았다. 심폐소생술을 했지만 할머니의 가슴은 망가진 것처럼 들썩거릴 뿐이었다. 아빠가 소리쳤다.

"119 불러, 119!"

그때 수화기를 들었던 건 바로 나였다. 빨간 전화기를 귀에 대고 119를 눌렀다. 수화기는 곧 엄마에게 넘겨졌고 긴 기다림의 시간 끝에 구급차 소리가 들렸다. 도착한 119는 할머니의 웃옷을 가위로 잘랐다. 앙상한 갈비뼈가 그대로 드러났다. 아빠는 진짜 몰랐던 걸까. 그날 할머니가 그렇게 죽게 될 줄. 할아버지는 그 뒤에 좋아하던 담배를 태우다 폐병으로 돌아가셨다. 이제 아빠보다 센 사람은 이 세상에 존재하지 않았다.


언덕 위에 가로등이 하나, 언덕 밑에 가로등이 하나. 다음은 가로등도 없는 논길을 걸어야 하우스에 도착할 수 있었다. 손전등의 불빛은 흐릿하기만 했다. 그때 '왁!'하는 소리가 들렸다. 진수가 옆으로 바짝 붙었다.

"들었어?"

"어, 빨리 가자."

"산짐승인가?"

"고라니일 수도 있어."

언덕 아래는 조용했다. 우리는 논두렁 길 앞에 섰다. 논두렁 옆으로 개울물이 흐르는 소리가 났다. 아빠의 하얀 트럭이 길가에 세워져 있었다.

낮에 보면 하우스가 저 멀리 보이지만 지금은 아무것도 보이지 않았다. 아빠는 술에 취해 차를 끌고 여기까지 왔을까. 엄마는 대체 어디 있는 걸까. 생각들이 머릿속을 스치고 지나갔다. 길엔 제멋대로 풀이 자라 있었다. 나는 스포츠 샌들의 찍찍이를 다시 한번 붙이고, 안으로 한 걸음 들어섰다.

"이제부터 바짝 붙어서 걸어. 알겠지?"

그런데 진수가 아직 도로에 서 있었다.

"무서워. 집에 갈래. 누나도 같이 가자 응?"

진수는 울상을 하며 발을 동동 굴렀다.

"너 혼자 가. 난 엄마 데리고 갈 테니까."

"어떻게 가!"

"너도 이제 열 살이잖아!"

진수가 울먹이기 시작했다. 진수는 손가락을 쭉 뻗어 손전등을 가리켰다.

"그거 주면, 혼자서 갈게."

"그럼 나는? 같이 가든가, 아니면 너 혼자 가!"

진수가 뒤돌아 걷기 시작했다. 손전등도 없이 차도 안다니는 도로를 걸어가는 모습이 작아 보였다. 곧 울음소리가 들렸다. 나는 뒤늦게 한숨을 쉬며 달려갔다.

"가지고 가. 됐지."

진수가 입을 삐죽 내밀며 손전등을 받았다.

"누나는?"

"엄마 만나면 괜찮을 거야. 곧장 집으로 가. 알았지?"

"응."

진수가 고개를 끄덕이며 가냘픈 빛에 의지해 걸어가기 시작했다.


내가 하우스에 간다고 뭐가 달라질까. 어쩌면 벌써 차를 놓고 걸어서 집에 와 있지는 않을까. 어지러운 생각들이 머리에 떠올랐다. 그때 하우스 쪽에서 비명이 들렸다.

"엄마?"

엄마인지는 알 수 없었다. 아니 어쩌면 남자인지도 모르겠다. 나는 정신 없이 논두렁길을 따라 걷기 시작했다. 아무것도 보이지 않았지만 갈수록 발걸음이 빨라졌다. 걷다 보니 구멍 뚫린 샌들 앞코에 돌멩이가 채여서 아팠다.

잡초들이 종아리에 마른 상처를 냈다.

늦은 시간까지 일할 땐 앞쪽에 등불을 걸어놓는데 오늘은 아무것도 보이지 않았다. 다가갔지만 어둠뿐이었다. 서서히 발걸음이 느려졌다. 아무것도 없었다. 불빛도 인기척도. 마치 사람이라고는 나 혼자인 것 같은 느낌이었다. 조심조심 발걸음을 옮겼다. 발소리가 커다랗게 들렸다. 온 신경이 귀로 쏠렸다. 뒤에는 저 멀리 가로등 불빛이 보였다. 앞은 어둠뿐이었다.

하우스 문은 닫혀있었다. 미닫이문을 밀자 끼익 소리가 나며 문이 열렸다. 안쪽에서 뜨거운 김이 훅 끼쳐왔다. 날은 저물었지만 공기는 후덥지근했다. 에이 뭐야. 아무도 없잖아.

뒤돌아서 나가려는데 발에 걸리는 게 있었다. 아빠의 핸드폰이었다. 핸드폰을 열자 불빛이 비쳤다. 9시 30분이었다. 핸드폰이 왜 여기 있지. 그때 하우스 뒤편에서 인기척이 났다. 어둠에 적응한 눈이 그림자를 보았다. 누군가 일어서고 있었다.

"엄마?"

그림자는 머리가 아픈 듯 휘청거리며 그 자리에 서 있었다. 그림자는 머리를 쥐어뜯다가 낮은 욕지거리를 내뱉었다.

"씨… 씨발."

저벅저벅 다가오는 모습은 엄마가 아니었다. 그림자가 미친 사람처럼 웃었다. 우는 건지 웃는 건지 알 수 없었다. 나는 그 괴이한 존재가 어둠 속에서 비명 소리를 냈다는 걸 눈치챘다. 그림자는 점점 가까워졌다. 도망가야 한다는 걸 본능적으로 느꼈다. 그때 그림자가 팔다리를 허우적대며 달려오기 시작했다.

"너도 죽어! 이 미친년아!"

괴물이 되어버린 그림자는 달려오는데도 서슴없었다. 심장이 쿵. 쿵. 뛰고 호흡이 가빠지는데 몸이 얼어버린 것처럼 움직여지지 않았다. 검은 통로 안에 갇혀버린 것만 같았다. 그림자가 서서히 나를 밀쳐 넘어뜨렸다. 그림자는 곧 죽음이 되어 내 목을 졸랐다.

죽음이 숨구멍을 막자 얼굴이 터질 듯이 달아올랐다. 묻고 싶었다. 엄마가 죽었어? 왜? 왜 죽었는데? 강한 팔뚝 위로 손톱을 박아넣고 싶었지만 그마저 되지 않았다.

무서웠다. 여기가 끝은 아닐 거야. 오늘도 그냥 지나갈 거야. 나는 여전히 그렇게 믿었다. 살아남을 거라고. 어떻게든 헤쳐 나갈 거라고. 하지만 손아귀는 점점 강하게 목을 조여 왔다. 애를 써도 발만 미끄러질 뿐이었다. 마지막을 향해 달려간다는 느낌이 들었다. 어차피 눈을 감아도 어둠

떠도 어둠이었다. 도대체 뭐가 무서워서 눈을 감고 있었던 걸까. 더 떨어질 곳도 없는데. 더 이상 목을 조르는 손이 무섭지 않았다. 난 잘못한 게 없으니까. 용기 내 눈을 떴다. 흐릿하게 그림자의 얼굴이 보였다.

끝이라고 생각했을 때 서서히 손아귀에 힘이 풀어졌다. 손이 풀어진 뒤에도 한동안 움직일 수 없었다. 그림자는 괴이하게 울었다. 어허허헉. 어어어허헉. 마치 어린애가 된 것처럼 머리를 부여잡고 울었다.

손을 뻗었다. 무엇이라도 잡아보려고 안간힘을 썼다. 더듬더듬 짚으며 몸을 일으켰다. 구역질과 기침이 나왔다. 두 발로 걸을 수가 없어서 간신히 기어갔다. 밖으로 나가야 했다. 그 사이 인기척을 내고 말았는지, 그림자가 울음을 그치고 고개를 돌려 나를 쳐다봤다. 그는 두 눈이 시커멓게 뚫린 어둠이었다. 순간 다시 조용했다. 그림자는 짐승처럼 네발로 기어서 나에게 다가왔다.

몸을 일으켜 달리기 시작했다. 목이 욱신거리며 아팠고 머리는 터질 것 같았지만 달려야 했다. 어디로든 달려가 도움을 요청해야 했다. 불빛 하나가 보였다. 하우스 바로 아래쪽으로 설희네 집이 이어져 있었다. 나는 엉거주춤 뛰고 반쯤 구르면서 설희가 제발 저 문을 열고 들여보내 주기를 간절히 빌었다.

다행히 설희네 집 뒤쪽엔 담장이 없었다. 아무도 다니지 않는 길이라 풀이 무성했다. 그렇게도 싫어했던 오물 냄새에 가까워지고 있었다. 그 냄새가 희망이라도 되는 듯 더 가까이 걸어갔다. 개들이 짖기 시작했다. 몇 마리가 짖고 있는지 짐작도 할 수 없었다. 개들이 미친 듯이 짖자 머리가 왕왕 울리고 주저앉고만 싶었다.

깜빡, 불이 켜졌다. 철창에 갇힌 개들이 보였다. 털이 엉겨붙고 더러운 꼴을 한 개들이 우리 안에 빼곡히 들어 있었다. 아래쪽으로는 언제 치웠는지 모를 배설물이 켜켜이 쌓여 냄새가 났다. 하지만 거기 있는 어떤 개보다 더 불쌍하고 처참한 건 나라는 생각이 들었다. 설희가 까만 비닐하우스 문을 열고 나왔다. 나는 불빛 아래 서서 울먹였다. 설희가 서슴없이 다가와 나를 끌어안았다. 뜨거운 울음이 터져 나왔다.

"왜 이렇게 시끄러워?"

설희 손을 잡고 집 안으로 들어갔을 때 설희 아빠가 방에 있었다. 아저씨는 뜻밖의 손님에 놀란 기색이었다. 나는 얼굴을 가리고 주저앉았다. 아저씨가 내 목을 조를지도 모른다는 생각이 덮쳐왔다. 아저씨는 우리를 방에 두고 밖에 나가서 오래도록 들어오지 않았다. 나는 전화기부터 찾았다.

"진수야, 집에 있으면 안 돼. 교회로 가. 지금 당장."

진수는 잠이 오는 목소리로 전화를 받았다. 설희는 교회에 대신 연락해 주겠다며 얇은 이불을 덮어주었다. 떨리는 몸으로 이불을 끌어안고 한참을 울었다. 설희가 알까. 내가 진저리나게 싫어했다는 걸. 그런 생각을 하는 중에도 설희는 작고 가느다란 손으로 등을 쓸어 주었다. 설희는 묻지 않았다. 무슨 일이냐고 왜 이렇게 됐냐고. 설희는 내가 여기에 올 거라는 걸 알고 있던 것처럼 나의 옆자리에 오래도록 앉아있었다.

밤새 기도하던 날들이 있었다.

'하나님 저 좀 구해주세요. 간절히 기도하면 뭐든 들어주는 분이라면서요.'

하지만 울며 기도할 때마다 침묵, 침묵뿐이었다. 번데기처럼 웅크리고 앉아 울다 잠이 들었다.

길고 따뜻한 꿈을 꿨다. 나는 작은 아이였다. 언젠가 오래된 앨범에서 봤던 아이는 환하게 웃으며 마당에서 놀고 있었다. 하얀 강아지가 뒤뚱뒤뚱 달려와 안겼다. 강아지는 낑낑거리며 따스한 품을 찾았다.

"진아야, 엄마가 미안해. 힘들었지? 우리 아가."

어디선가 엄마가 다가와 내가 강아지라도 되는 듯 안고 어루만졌다. 엄마는 환하게 웃고 있었다. 단 한 번도 아파보지 않은 것 같았다. 햇살 때문인지 포근하고 나른했다. 나는 오래도록 그 품 안에 있고 싶었다.

눈을 떴을 때, 작은 창문으로 희미한 빛이 들어오고 있었다. 설희네 집이라는 게 오히려 꿈처럼 느껴졌다. 아저씨는 어느새 들어와 코를 골며 잠들어 있었고 설희도 이불을 깔고 누워 곤히 자고 있었다. 나는 조용히 신발을 찾아 신고 밖으로 나갔다.

철창에 갇힌 개들은 짖지 않았다. 다리엔 진흙이며 상처가 엉겨붙어 있었다. 어디에서 얻었는지 기억나지 않는 멍들이 시퍼렜다. 산도 나무도 아직은 어두웠다. 어디선가 지저귀는 새소리가 간간이 들려왔다.

개집 뒤쪽으로 하우스 두 동이 보였다. 오랫동안 그 모습을 바라봤다. 어둠은 그곳에 머무르고 있었다. 빛이 있었던가. 주변은 온통 어둠뿐이었다. 앞으로도 그럴 거라는 생각이 들었다.

하늘이 서서히 밝아졌다. 새벽은 서늘하기만 했다. 엄마는 왜 날 데려가지 않은 걸까. 꿈결에서 느꼈던 엄마의 품이 그리웠다. 새벽빛이 어둠을 뚫고 다가와 말없이 주위를 푸른색으로 채워나갔다. 초록빛이 나뭇잎에 퍼지며 숲이 푸르게 물들었다. 나는 그만하라고 소리치고 싶었지만 벙어리처럼 울음만 삼킬 뿐이었다. 어떻게 다시 일어날 수 있어. 아무것도 남지 않았는데. 그러다 교회에서 하룻밤을 보낸 진수가 생각났다. 그 사이 어둠은 흔적 없이 사라지고 고요한 새벽의 햇살이 숲을 비추기 시작했다. 나는 빛나는 푸른 새벽을 맞으며 눈물을 왈칵 쏟고 말았다.

아저씨와 설희가 잠든 아침. 벽에 등을 기대고 앉았다. 눈앞에 전화기가 보였다. 수십 번 아니 수만 번을 생각했던 것처럼 수화기에 손을 가져갔다. 내가 할 수 있는 건 단 한 가지였다.

수화기 너머에서 신호 가는 소리가 몇 차례 들렸다. 달칵하고 누군가 전화를 받았다. 친절하고 낯선 목소리였다. 목소리가 나올 것 같지 않았지만 그래도 말해야 했다. 입술을 떼어 갈라진 목소리로 더듬더듬 말했다.

"저, 저 좀… 도와주세요."

끝.

붉은 국화



박혜영

혜나는 침대에 비스듬히 누워 휴대폰으로 인스타 피드를 확인했다. 인스타그램에는 사연이 넘쳐났다. 누군가는 맛있는 밥을 먹고, 좋은 카페를 가고, 승진을 하고, 누군가는 관심 있는 분야의 모임을 가지고, 또 누군가는 즐거운 일을 피드에 올렸다. 언제나 행복한 사연만 있는 것은 아니었다. 누군가 아팠고, 누군가는 이별을 했으며, 다른 누군가는 사고를 당하고, 또 누군가는 억울한 일을 겪었다. 어찌할 수 없는 사변 속에서 많은 사람들이 안타까워하고 눈물을 흘렸다. 그런 재난의 대상이 꼭 사람뿐만은 아니어서, 길에 버려진 개와 고양이들은 말라버린 사료 그릇을 핥으며 도움의 손길을 기다렸다.

혜나의 손길이 하나의 게시물에 머물렀다. 며칠 전부터 눈에 밟히던 아이였다. 4개월 정도 된 진돗개였는데, 무허가 번식장에서 구조돼 입양을 갔다가 덩치가 커지자 파양되어 보호소로 돌아왔다. 개는 혜나가 어렸을 때 키웠던 쫑이와 모양이 비슷했다. 흰색 털에 안녕, 하고 인사하듯 내려온 삼각형의 귀, 신발을 신은 것처럼 노란 무늬가 있는 발과 촉촉한 검은 코, 순한 눈까지. 일주일 뒤에도 새 주인이 나타나지 않으면 개는 안락사를 당한다고 했다. 꼬리를 안으로 만 채 땅만 쳐다보고 있는 눈이 슬퍼 보였다. 혜나는 안타까운 마음으로 '좋아요'를 눌렀다.

자기도 개 좋아한다고 했지? 왜, 어렸을 때 친구네서 키우던 개 갖고 싶다고 울기도 했다면서.

혜나의 물음에, 역시 옆에서 휴대폰을 들여다보고 있던 현이 대답했다.

개? 귀엽지.

그럼, 혹시 입양하는 건 어떻게 생각해?

우리가 개를 키운다고?

반쯤 건성으로 대답하던 현이 보고 있던 휴대폰에서 눈을 떼고 반문했다. 혜나는 자신의 휴대폰 화면에 뜬 피드를 현에게 보여줬다. 쫑이는 혜나가 중학교 1학년 때 무지

개다리를 건넜다. 이 개도 그랬으면 좋겠다. 곧 사라질 일주일의 삶이 아니라, 원하는 대로 실컷 흙을 밟으며 자신의 명까지 살 수 있다면.

키우면 좋지. 근데 회사도 다녀야 하고 곧 여행도 가야 하는데, 개를 신경 쓸 시간이 있겠어?

임보만이라도 하면 안 될까?

개가 외로울 걸.

그건 맞는 말이기도 해서, 혜나는 현의 대답에 금세 수긍했다. 둘이 출근하면 개는 혼자 남겨지게 될 것이다. 게다가 마당도 없는 서울의 30평대 아파트에서 큰 개를 키우는 것은 여건도 안 좋았다. 임시 보호라도 하고 싶었지만, 그것마저도 자신의 욕심일 수 있었다.

'아이들을 기억해 주세요. 이들을 위한 보호소가 필요합니다.'

피드를 새로고침하자 연관글이 떴다. 망설이던 혜나는 소액이지만 후원금을 보냈다. 할 수만 있다면 돕고 싶었다. 눈망울이 슬퍼 보이던 개의 모습이 어른거렸다. 개를 데려올 수는 없지만 행복하게 해 줄 수는 있을지도 모른다. 사회에 선한 영향력을 행사하는 것 같아 조금은 뿌듯했다. 작은 관심이 모여 세상은 변하는 것이니까.

현은 다시 휴대폰으로 시선을 옮겼다. 비행기 티켓을

알아보는 중이었다. 혜나가 근속 10주년 기념으로 10일의 휴가를 받게 되자, 같이 공휴일을 끼고 유럽을 다녀오기로 했다. 현은 앱 개발 프리랜서라 일정을 유연하게 조정할 수 있었다. 둘은 프라하에 가기로 했다. 밀란 쿤데라의 소설을 읽고 꼭 한 번 가 보고 싶다고 생각했던 여행지다. 코로나19가 해제되고 여행에 사람들이 몰리면서 티켓값도 배로 올랐다. 월급의 절반이 날아갔지만 대안이 없었다. 경유를 하면 조금 더 저렴하지만 공항에서 보내는 시간이 아까웠다. 시간을 돈으로 살 수는 없으니까.

티켓 결제가 끝나자 혜나는 자신의 인스타에 프라하 여행에 관한 글을 올렸다. 순식간에 사람들의 댓글이 달리고 좋아요 수가 늘었다. 혜나는 일일이 댓글에 답장을 해 주고 다른 사람의 인스타에도 들어가서 '좋아요'를 눌렀다. 나름 인플루언서로 팔로워 수를 유지하려면 열심히 활동해야 했다. 계정을 관리하고 유지하는 데만도 시간이 제법 들었다. 혜나는 자신이 올린 게시물의 반응을 확인하고, 프라하 여행에 관해 올라온 유튜브 영상을 살펴보다 잠이 들었다.

○

회사에서 곧 있을 회의를 준비하고 있는데 현에게서 부재중 전화가 와 있었다. 근무 시간에는 가급적 연락을 하지 않는 현이었다. 혜나는 전화를 걸었다. 현이 바로 전화를 받았다. 목소리가 조금 들뜬 듯했다. 어쩌면 뭔가에 대해 켕기는 마음을 감추려 하는 것인지도 모른다.

다름이 아니고….

현이 뜸을 들였다. 뭔가 있다. 혜나는 불길한 기운을 느끼며 현에게 다음 이야기를 재촉했다. 현이 한 번 한숨을 쉬는가 싶더니 이야기를 꺼냈다.

준희가 돈을 좀 빌려달라고 그래서.

혜나는 가벼운 현기증을 느끼며 손등으로 이마를 짚었다. 대번에 열이 올랐다. 또, 준희였다.

준희는 스물아홉 살로, 현의 이복동생이다. 어렸을 때 준희 어머니가 집을 나간 뒤, 현의 집으로 들어와 성인이 될 때까지 함께 자랐다. 현과는 일곱 살 차이가 났다. 형제 사이는 그다지 나쁘지 않았던 모양이었다. 전문대를 졸업한 뒤로는 한곳에 정착하지 못하고 근근이 직장을 옮겨가며 살았다. 물류 회사에서 일하다가 고객센터에서 일하다가 하는 식으로 직업도 종종 바뀌었는데, 만나면 현이 용돈도 주고 술도 사 주고 하는 사이였다.

　한번은 현과 함께 셋이 만난 적이 있었다. 그래도 남편 동생이라고 혜나는 신경 써서 원피스에 코트를 입고, 디올 백을 메고 나갔다. 준희는 여전했다. 스파 브랜드에서 산 초록색 후드 티셔츠에, 뒤축을 꺾어 신은 운동화는 먼지투성이였다. 3월이라 아직은 날이 추운데도, 준희는 변변한 외투도 없이 벌벌 떨며 담배를 피고 있었다. 각진 얼굴에 뭉툭한 코, 입 주위에 번진 마른 버짐이 어쩔 수 없는 연민을 자아내게 했는데, 감은 듯한 작은 눈까지 아래로 처져 있어 그런 감정은 더했다. 뭘 먹고 싶냐고 하자 준희는 특유의 느린 목소리로 아무거나 상관없다고 말했다. 그건 얻어먹는 자 나름의 예의 같은 것이기도 해서, 셋은 혜나가 봐 둔 쌀국수집으로 향했다.

　정말, 맛있네요.

　인스타에 올릴 음식 사진을 찍기도 전에 쌀국수를 입에 넣고 준희가 말했다. 음식은 그날따라 양이 많았다. 혜나와 현은 쌀국수를 남겼지만 준희는 밥을 달라고 해서 국물까지 싹싹 비웠다. 준희는 그때도 돈을 빌려달라고 했다. 집 계약이 만료되는데 보증금이 올라서 집을 비워줘야 한다고 했다. 거기 앞에 있는 물 좀 달라고 말할 때처럼 예사로운 목소리였다. 준희 앞에 높인 텅 빈 그릇이, 수중에 아무것도 없는 그의 처지를 말해 주는 듯했다. 혜나는 놀라 딸꾹질을 했다. 밥까지 사 줬는데 봉변을 당한 기분이었다. 침묵이 흘렀다. 혜나의 눈치를 보던 현이 눈을 낮추는 게 좋겠다며 슬며시 말을 꺼냈다. 보증금이 없는 데도 있지 않나? 고시원 같은 곳도 대안이 될 수 있고.

준희는 묵묵히 듣고 있었다. 슬퍼하거나 서운해하는 기색은 없었다. 준희는 거절에 익숙해 보였다. 세상이 결코 호의적이지 않다는 사실을 본능적으로 체득한 사람의 초연함이 느껴졌다. 준희는 눈을 뒤덮은 앞머리를 쓸어올렸다. 언뜻 드러난 왼쪽 손목에, 지금은 아문 흉터가 남아 있었다. 자수정 팔찌처럼 손목을 두른 우둘투둘한 흉터가 보기 흉해 혜나는 눈을 돌렸다. 결국 그날 집으로 돌아오는 길에 현과 다투고 말았다. 내내 찜찜했는데 얼마 뒤, 전화가 왔다. 새로 들어가게 된 회사에서 집 보증금을 마련해 준다고 했다. 그게 벌써 6개월 전이었다.

무슨 일로 빌려달래?

회사가 힘들대.

회사가 사정이 어려워지면서 구조조정을 단행하게 됐고, 대상자가 된 준희는 회사에서 받은 월세 보증금을 토해 내야 했다. 혜나는 신경이 곤두섰다. 최대한 침착을 가장하며 통화를 이어나갔다.

모아놓은 돈은, 없어?

… 없대.

이때까지 돈 안 모으고 뭐했대?

저도 모르게 목소리가 높아졌다. 수화기 저편의 현이 당황하는 게 느껴졌다. 안다. 현의 잘못이 아니라는 걸. 혜나는 숨을 골랐다. 주저하던 현이 입을 열었다. 준희는 청년적금에 돈을 넣고 있는데 만기가 세 달 뒤라고 했다.

적금을 깨면 되잖아.

그게 이자가 높아서…. 몇 달만 빌려주면 적금 만료될 때 갚겠대.

모든 걸 혜나와 의논하는 현이지만 이럴 때는 야속하기만 했다. 이런 건 좀 알아서 할 수 없나. 회의실로 향하던 한 대리가 혜나를 보며 시계를 가리켰다. 혜나는 일단 집에 가서 얘기하자고 하고 전화를 끊었다.


월요일 아침의 회의는 조금은 어수선하고 피곤한 가운데 이루어졌다. 새로 구축하는 학습관리 시스템 홈페이지에 대한 디자인 방향성과 시안을 공유하는 자리였다. 기획자인 혜나가 프로젝트 매니저로서 총괄을 맡고 있었는데, 페이지 수가 많은데다 개발 범위도 복잡해서 신경 쓸 일이 많았다.

사람들이 자리에 앉고 어느 정도 분위기가 정돈되자, 혜나가 취지와 개요를 설명하고 디자이너 두 명이 직접 시연과 발표를 진행했다. 회사는 같은 기획서를 놓고 디자인 A안, B안을 따로 작업해 경쟁 피티를 시켰다. 발표가 끝나면 실무자와 기획자뿐 아니라 다른 디자이너의 의견을 참조해 다수의 표를 받은 시안을 채택했다. 그런 방식은 때로 잔인하다고도 여겨졌지만 만족할 만한 성과를 위해서는 어쩔 수 없는 부분이기도 했다.

　첫 번째로 한 대리가 나와 A안을 발표했다. 프로젝트 과제 및 확장성를 생각해 퍼소나 키워드를 도출하고, 심플하고 직관적인 UI로 쉬운 사용성을 고려했다는 설명이 이어졌다. 이를 위해 기업 브랜드의 메인 컬러를 차용하고, 자주 찾는 서비스를 그룹화하여 한눈에 콘텐츠를 확인할 수 있도록 했다. 혜나는 A안을 살펴봤다. 디자인은 깔끔하고 통일성이 있었고, 다양한 인터랙션을 시도한 부분이 실험적이면서도 창의적으로 느껴졌다. 혜나는 미리 받은 시트지에 점수를 체크했다.

　다음으로 주아 씨가 일어났다. 처음 하는 발표가 긴장되는지 얼굴은 창백했고, 양 손바닥을 자꾸 청바지에 비볐다. 이마에 땀이 맺혀 있었다. 신입으로 들어온 주아 씨는 6개월이 지났는데도 회사에 적응을 잘 하지 못했다. 실수가 잦고 클라이언트의 요구를 이해하지 못해 당황스러울 때도 있었다. 대부분 30대 중반인 디자이너들과 나이 차도 제법 났다. 중요 업무에 여러 번 배제되더니 이번에 가까스로 기회를 얻게 됐다. 발표를 하는 목소리가 떨리고 있었다.

혜나가 본 B안은 무난했지만 조금 심심했다. 처음 맡은 프로젝트라는 것을 감안해도 컬러가 단조롭고 생동감이 없었다. 구조는 신선했지만 사용자 경험을 고려하지 않은 듯 정리가 돼 있지 않았고, 물 빠진 듯한 흐릿한 색감이 칙칙해 보였다. 직설적인 성격의 실무진 한 명은 성의가 없어 보인다고까지 표현했다. 다른 사람들도 비슷했던 모양인지 회의는 싱겁게 끝났다. 시안은 최종 A안으로 결정되었다. 이번 주부터는 결정된 시안을 토대로 본격적으로 세부 디자인에 들어갈 예정이었다. 쓸쓸한 표정으로 회의실을 걸어나가는 주아 씨의 뒷모습이 신경 쓰였지만, 혜나가 해 줄 수 있는 일은 없었다. 쉽지만은 않은 직장 생활에서 주아 씨가 크게 상처받지 않기를 바랄 뿐이었다.

퇴근 시간에 사무실 앞에서 엘리베이터를 기다리는데, 가방을 멘 주아 씨가 옆에 와 섰다. 시안 작업 때문에 내내 야근을 했었는데, 발표가 마무리돼서 일찍 퇴근하는 모양이었다. 혹평을 받긴 했지만 어쨌든 큰 산은 넘었다. 이제 한 대리를 도와 세부 디자인에 집중하면 될 터였다. 청바지에 맨투맨 티셔츠를 입은 주아 씨의 모습은 앳돼 보였다. 젖살이 채 빠지지 않은 통통한 볼과 입술을 앙다물면 생기는 희미한 보조개가 순한 인상을 자아냈다. 하긴, 사무실 직원들의 평균 나이대에 비하면 실제로 어리긴 했다.

둘은 같이 엘리베이터를 기다렸다. 퇴근 시간대라 엘리베이터는 붐볐다. 몇 대의 엘리베이터를 보내고, 그냥 계단으로 걸어갈까 생각하는 중에 주아 씨가 말을 걸었다.

왜 저는 항상 이 모양일까요.

그 말을 할 때의 주아 씨는 묘하게 웃고 있는 모습이었는데, 입꼬리가 올라간다든지 눈 근육이 움직인다든지 하는 변화가 없는데도 불구하고 왜 그렇게 느껴지는지 알 수 없었다. 혜나는 뭐라 할 말이 없어, 잠시 고민하는 듯하다 단순하게 답했다.

다음에 잘 하면 되죠.

다음이요…. 주아 씨가 중얼거렸다. 마침 엘리베이터 문이 열려서 둘은 동시에 안으로 들어갔다. 삐, 하는 경고음이 울렸다. 정원 초과라는 메시지가 떴다. 혜나가 당황해하는 사이, 주아 씨가 먼저 엘리베이터에서 내렸다. 메시지가 사라졌다. 혜나는 주아 씨를 바라봤다. 서로의 눈이 마주쳤다. 주아 씨는 홀가분해 보였다. 당신들의 세계는 이쪽에 있고, 자신은 저쪽에 남는 것이 어쩌면 당연하다는 듯이. 문이 닫히고, 엘리베이터는 일층을 향해 빠르게 내려갔다.

주문한 오일 파스타와 감바스가 나오자 혜나는 레스토랑 창가 자리를 배경으로 음식 사진을 찍어 인스타에 올렸다. '좋아요' 수가 올라가는 것을 확인하고 파스타를 먹기 시작했다. 현이 맥주잔을 내밀었다. 필스너 맥주를 따르고 건배를 했다. 맥주가 유달리 쓰게 느껴졌다. 아까의 통화가 떠올랐다. 이해가 되지 않는 건 아니지만 생각할수록 기분이 나빴다. 스스로 해결할 생각은 하지 않고 현부터 찾는 모습이 대책 없게 느껴졌다.

처음 만났을 때도 그랬다. 현은 준희가 집안의 아픈 손가락이라고 했다. 집을 나간 어머니와는 연락이 닿지 않았고, 의지할 아버지는 뒷짐을 진 채 비켜나 있었다. 천덕꾸러기처럼 자라났을 준희를 생각하면 마음이 아팠다. 잘 대해 줘야겠다는 다짐은 얼마 되지 않아 사라지고 말았다. 준희는 목이 늘어난 반팔 티에 추리닝 바지를 입고 나왔다. 무성의한 차림에 혜나는 당황했다. 준희는 담배를 피우고 있었다. 나라면 담배부터 끊었을 텐데. 순간 드는 생각을 지우려고 고개를 흔드는데 현이 맛있는 걸 먹으러 가자고 했다.

저희가 살게요.

혹시라도 부담을 가질까 봐 혜나가 덧붙였다. 다 피운 담배 꽁초를 바닥에 버린 준희가 다가왔다. 담배 냄새가 훅, 끼쳤다. 혜나는 순간적으로 숨을 참았다.

밥은, 괜찮아요.

준희는 밥을 사 주는 대신 그 돈으로 생활용품을 사 달라고 했다. 자취방 물품이 다 떨어졌다고 했다. 당황스러웠지만 처음 만남이라 되도록 잘 보이고 싶었다. 차를 몰고 가까운 '다이소'로 갔다. 극세사 걸레며 방향제 같은 생활용품을 고르는 모습이 준비라도 한 것처럼 자연스러웠다. 계산을 마친 뒤, 밥을 같이 먹자고 했지만 준희는 다시 괜찮다고 했다. 그 정도 염치는 남아 있는 걸까. 장바구니에 한가득 담은 물품들을 들고 돌아서는 준희를 보며 생각했던 것 같다. 가난한 건 알겠는데 개념이 없다고. 준희를 보내고, 냉랭한 공기가 감도는 가운데 현은 겸연쩍은 표정을 지었다. 미안해. 준희는 아픈 손가락이야.

아무래도 안 되겠어.

혜나는 테이블에 포크를 내려놓으며 말했다. 지금 당장 거리에 나앉는 것도 아니고, 돈이 아주 없는 것도 아니지 않은가. 적금이 만기되었다고 갚는다는 보장도 없었다.

그때 가면 또 그때의 사정이 생길지도 모른다. 돈 거래는 애초에 하지 않는 게 깔끔했다. 혜나의 의중을 읽은 현이 밖에서 통화를 하고 들어왔다.

뭐래?

알았대.

앞으로는 스스로 해결 방법을 찾는 것이 좋겠다고, 현은 시키지도 않은 잔소리까지 조금 한 모양이었다. 혜나는 한숨을 쉬었다. 잘 넘어갔다 싶으면서도 마음이 안 좋은 건 어쩔 수 없었다. 다 먹은 파스타를 물리고, 직원이 후식으로 디저트를 내왔다. 상큼한 레몬 셔벗이 맥주로 씁쓸했던 입맛을 중화시켜 줬다. 창 밖으로 보이는 야경이 아름다웠다. 혜나는 인스타에 올릴 사진을 찍는 것도 잊고 검은 하늘에 반짝이는 불빛들을 하염없이 바라봤다.

○

부고 문자를 받은 것은 한창 출근 준비로 바쁠 때였다. 문자에 뜬 고인의 이름을 확인하고 혜나는 비명을 질렀다. 화장실에서 나온 현이 무슨 일이냐고 물었다.

주아 씨가 죽었대.

누구라고?

문자가 온 번호로 전화를 걸었다. 계속 통화 중으로, 전화 연결이 되지 않았다. 혜나는 한 대리에게 전화를 걸었다. 한 대리의 얘기를 듣고 있으면서도 믿기지가 않았다. 악의적인 스팸 문자이길 바랐지만 엄연한 현실이었다. 이유도, 사인도 전화로는 알 수 없었다. 급하게 검은색 원피스로 갈아입고 차키를 챙겼다. 현도 같이 나섰다. 오랜만에 입은 와이셔츠에 짧은 타이가 불편해 보였지만 어쩔 수 없었다.

장례식장은 경기도 외곽에 있었다. 차에서 내리자 후끈한 바람이 불어왔다. 5월인데도 벌써 더웠다. 올 여름은 무덥겠다고 생각하는데, 더 이상 여름을 날 수 없는 사람을 떠올리자 온몸에 소름이 돋았다. 장례식장 입구 전광판에 고인의 얼굴과 정보가 떠 있었다. 스치듯 흘러가는 사진들 사이에서 혜나는 주아 씨의 얼굴을 찾아냈다. 이주아. 26세. 환하게 웃고 있는 사진을 보니 기분이 이상했다. 디자인 시안을 가지고 이리저리 논의하던 모습이 바로 엊그제인데. 지금이라도 주아 씨를 부르면 떨리는 목소리로 네, 하고 대답할 것 같았다.

빈소는 지하 일층이었다. 밑으로 내려가는 계단 앞 탁자에 조의금용으로 마련된 빈 봉투들이 꽂혀 있었다. 직원이 죽은 경우에는 조의금을 얼마나 해야 하나. 지갑을 만지작거리다, 망설이는 자신이 싫어 혜나는 지갑에서 이십 만 원을 빼 통째로 넣었다. 봉투에 굵은 사인펜으로 혜나와 현의 이름을 적었다. 봉투를 손으로 만지자 다 마르지 않은 사인펜이 번졌지만, 신경 쓸 겨를이 없었다. 혜나는 현의 손을 잡고 천천히 계단을 내려갔다.

새하얀 국화꽃에 파묻힌 영정 사진을 보자 이 모든 게 실감이 나기 시작했다. 영전에 헌화를 한 뒤, 눈을 감고 묵념했다. 친척으로 보이는 사람이 상복을 입고 파리한 얼굴로 혜나와 현을 맞았다. 주아 씨의 부모님은 보이지 않았다. 하긴, 자식의 죽음에 제정신으로 손님을 맞을 수 있는 사람은 없을 것이다. 문상객은 온통 젊은 사람들뿐이었다. 급히 입고 온 검은색 계열의 옷차림이 다 제각각이었다. 그들에겐 어쩌면 장례식이 처음일지도 몰랐다. 절을 해야 할지 국화를 어떻게 놓아야 할지 우왕좌왕하는 그들을 보며 혜나는 눈시울이 붉어졌다.

자리에 앉아 있던 한 대리가 아는 체를 했다. 팀원들이 먼저 와 있었다. 현을 인사시키고 자리에 앉았다. 육개장을 비롯한 식사가 나왔다. 미지근한 맥주를 마시며 분위기를 살폈다. 이런저런 말들이 오갔다. 모두 침울한 얼굴들이었다.

우울증을 오래 앓았대요.

한 대리가 말했다. 사고도 아니었고 지병도 아니었다. 뭐가 그렇게 괴롭고 고통스러웠는지 혜나는 알 길이 없었다. 자세한 사연은 더 물어볼 수 없었다. 안다고 해도 달라지는 것은 없었다.

왜 이렇게 요즘 많이 죽는지 모르겠어.

개인의 문제일까, 구조적 문제일까. 현이 맥주잔을 비웠다. 믿기지 않았지만 이미 벌어진 일이었다. 주아 씨와 많은 대화를 나눈 적은 없었다. 나이도 직급도 차이가 났고, 기획자와 디자이너로 포지션도 달랐다. 발표 자리에 한 번 선보인 뒤 사라지고 마는 B안처럼, 회사 안에서 주아 씨의 존재는 희미했다. 기억을 떠올려 봐도 주아 씨에 대해 아는 것이 별로 없었다. 엘리베이터 앞에서 주아 씨가 말을 걸었을 때, 자신은 뭐라고 답했어야 할까. 다음에 잘 하면 된다고 했다. 다음. 그렇게 말했을 때 주아 씨는 어떤 표정을 하고 있었을까. 세심하지 못했다. 프로젝트 매니저로서 책임감 있게 답했어야 했다. 혜나는 자책했다.

장례식장 내부가 소란스러워졌다. 회사 부문장이 문상을 왔다. 흉사에는 직접 얼굴을 비추지 않는다고 들었는데, 의외였다. 직원들 모두가 일어났다. 부문장이 별다른 말없이 자리에 앉자 직원들이 다시 착석했다. 장례식장에서까지 권력 관계가 작동하는 것 같아 기분이 묘했다. 부문장이 뭐라고. 사람이 죽었는데. 혜나는 앉은 채로 말없이 잔을 비웠다. 현이 빈 잔에 술을 다시 따랐다.

차를 타고 돌아오는데 비가 쏟아졌다. 빗방울에 유리창이 흐려졌다. 현이 와이퍼를 켰다. 혜나는 조수석에 앉아 움직이는 와이퍼를 바라봤다. 와이퍼는 정확한 간격으로 쉬지 않고 움직이며 물을 쓸어내고 있었다. 밤이 깊었다. 그러고 보니 장례식장에 꽤 오래 앉아 있었다. 차가운 관 속에 누워 있을 주아 씨를 두고 차마 발길이 떨어지지 않았다.

창문 밖 어둠 속에서 떠오른 것은 의외로 준희의 얼굴이었다. 졸린 듯한 눈으로 벌벌 떨며 담배를 피우던. 왜 갑자기 준희가 떠오르는지는 알 수 없었다. 나이대가 비슷해서일까. 흔들리는 와이퍼만큼이나 준희에 대한 생각이 물결치며 주아 씨에 대한 감상을 쓸어냈다. 보증금이 없으면 쫓겨난다는 걸 알면서도 모진 말을 했다. 달라는 게 아니고 몇 달만 빌려달라는 거였는데. 그날, 스스럼없는 요구를 하는 것만큼이나 거절에도 쉽게 수긍하던 준희는 무심하게 머리칼을 쓸어올렸다. 그의 성격처럼 무방비하게 노출된 손목의 흉터가 붉게 변색돼 있었다.

준희는 학창 시절에 학교에서 왕따를 당했다고 했다.

세탁도 하지 않고 늘 같은 옷을 입고 다녀서였을까. 필기도구나 준비물을 제때 챙기지 않아서였을까. 또래보다 한 뼘은 작은 키 때문이었을까. 엄마가 없다는 사실을 들켜서였을까. 병원 응급실에서 눈을 떴을 때, 준희는 채 떠지지 않는 눈으로 미안하다는 말을 중얼거렸다. 아무도 울지 않았다. 그 다음부터는 쉬웠다. 한 번은 두 번이 되고, 세 번, 네 번…. 준희는 잊혀질 만하면 식구들에게 자신의 존재감을 드러냈다. 준희는 흘러가는 물처럼 살았다. 가다가 막히면 빠져나갔다. 부딪히면 받아들였다. 그렇게 어느 순간, 삶에 대한 치열함을 놓아버렸다.

토할 것 같았다. 너무 오래 와이퍼를 봐서인지도 모른다.

차 좀 세워 줘.

현이 갓길에 차를 세웠다. 혜나는 차 문을 열고 뛰쳐나가 빗속에서 토했다. 차들이 신경질적으로 경적을 울리며 지나갔다. 혜나는 쓰린 속을 부여잡았다. 토사물이 쏟아져 나왔다. 피처럼 붉은 그것은 너무도 쉽게 비에 휩쓸려 흩어졌다.

그날 밤, 혜나는 꿈을 꿨다. 한 줄로 늘어선 사람들이 어딘가를 향해 걷고 있었다. 혜나도 두 손에 국화를 들고 행렬에 동참했다. 사람들의 표정은 엄숙했다. 누군가의 장례식일까. 아무리 걸어도 그 끝이 보이지 않았다. 한없이 걷다 지칠 때쯤, 멀리서 개 짖는 소리가 들렸다. 커다란 문이 열려 있었다. 안에서 나온 빛이 사방을 비쳤다. 사람들이 천천히 문을 향해 걸어갔다. 개 짖는 소리가 가까이서 들렸다. 설마 먼저 간 쫑이일까. 어쩌면 천국에서 마중 나온 것인지도 모른다. 혜나는 걸음을 재촉했다. 문 안으로 들어서자 갑자기 뒤에서 문이 닫히고 사방이 어두워졌다. 모두가 사라졌다. 텅 빈 방에 관이 하나 놓여 있었다. 혜나는 주저하며 관으로 다가갔다. 누군가 누워 있었다.

닫혀 있던 관이 열리고, 커다란 손이 혜나의 목덜미를 움켜잡았다. 들고 있던 국화가 붉게 물들며 구겨졌다.

혜나는 식은땀을 흘리며 잠에서 깨어났다. 새벽이었다. 비는 어느 새 그쳐 있었다. 혜나는 양팔에 돋은 닭살을 쓸어내렸다. 까칠하게 일어선 솜털들이 손길에 따라 다시 누웠다. 이마에 열이 올랐다. 가슴이 두근거리고 호흡이 가빴다. 갈피 없는 망상이 부풀어올랐다.

죽은 사람은 준희일 수도 있었다.

주아 씨와 준희는 서로 아무런 연관이 없는데도. 그럴 리 없다고 머리를 흔들수록 근거 없는 망상도 더욱 피어올랐다.

준희가 생활고를 못 이겨 자살한다면?

비약이었다. 하지만 그러지 않으리라는 법도 없었다. 실제로 준희는 몇 차례 손목에 흉터를 남겼다. 그것이 오래전, 혜나가 준희를 만나기 한참 전에 있었던 학창 시절의 일이라고 해도. 프로젝트 매니저로서 주아 씨의 죽음에 일정 부분 책임을 피할 수 없는 것처럼, 그렇게 된다면 준희의 선택에도 혜나는 자유로울 수 없을 터였다. 자신에게 쏟아질 원망이 두려웠다. 시부모님은 어떻게 바라보실까. 혜나를 아는 사람들은. 그리고 현은.

혜나는 자고 있는 현을 깨웠다. 깊은 잠에 빠졌는지 미동이 없던 현이 마침내 일어났다. 잠긴 목소리로 무슨 일인지 묻는 현에게 혜나는 말했다.

우리 프라하 가지 말까?

적은 돈은 아니지만 그 돈이 없다고 죽는 것도 아니다. 비행기 티켓을 취소하고 그 돈을 준희에게 빌려주면 된다.

그래도 돼?

졸린 와중에도 은근히 좋아하는 듯한 현의 목소리가 거슬렸다. 그래도 조금은 후련했다. 준희는 아픈 손가락이니까. 인스타에는 프라하 여행을 취소하고 남은 돈을 더 좋은 일에 쓰기로 했다고 피드를 올렸다. 역시 혜나님이라는 댓글이 달리고, '좋아요' 숫자가 올라갔다. 내킨 김에 강아지 보호소에도 후원을 좀 더 했다. 더 많은 강아지들이 버

려지지 않고 좋은 곳에서 오래오래 살 수 있으면 좋겠다고
생각하며.

정말, 고마워요.

다음 날, 혜나의 휴대폰에 문자 메시지가 와 있었다.
준희였다. 괜한 충동이었을까. 후회가 되면서도 이왕 저지
른 일이니 잊고 지내자 싶었다. 답장은 쓰다 지웠다. 생색
으로 비칠까 봐서였다.

회사는 직원 공고를 냈다. 사무실의 빈 자리는 빠르게
채워졌다. 경쟁 피티는 없애고, 한 사람이 두 개의 시안을
작업하는 것으로 방침이 바뀌었다. 프로젝트는 순조롭게
진행됐다. 사업부와 의견이 맞지 않을 때도 있었고, 테스트
기간 동안 원인 모를 오류가 잡히지 않아 고생할 때도 있었
지만, 일정은 지켜졌고 결과물은 만족스러웠다. 최종적으
로 검수를 완료하고, 부문장 앞에서 완료 보고까지 하고 난
후에야 혜나는 한숨 돌렸다. 가끔씩 주아 씨가 생각날 때도
있었다. 회의실에서 문득, 일회용 커피잔을 들고 점심 시간
에 회사 주위를 산책할 때나, 퇴근길 엘리베이터를 기다릴
때. 그럴 때면 혜나는 사내 메신저를 켜고 주아 씨와 나눴
던 대화들을 읽었다. 넵, 하고 깔끔하게 떨어지던 메신저와
다르게, 실제 현장에서 실로폰처럼 떨리던 목소리를 떠올
리며. 주아 씨의 메신저 창은 영영 오프라인 상태였다가 어

느 새 조직도에서 완전히 사라지게 되었다.

○

인터넷에는 유흥비 마련을 위해 사기 친 일당을 구속한 일로 시끄러웠다. 개인 블로그와 인스타그램을 운영하던 김모 군은 귀엽지만 불쌍해 보이는 동물 사진을 올리고, 사람들의 동정심을 이용해 후원금을 뜯어냈다. 인터넷에 출처도 없이 떠돌던 사진을 편집해 있지도 않은 보호소의 개들을 만들었다. 개 한 마리에서 시작했던 사기는 어느새 백여 마리까지 늘어나, 상상 속의 보호소는 포화 상태가 되었고 더 많은 돈이 필요하게 되었다. 해를 거듭하던 사기 행각은 보호소의 존재에 의문을 가진 한 시민이 경찰에 제보하면서 멈췄다. 잠적해 있던 김모 군과 여자친구가 잡히면서 사건의 실체가 수면 위로 드러났다. 선의로 후원을 했던 많은 사람들이 피해자가 되었다.

혜나는 휴대폰을 내려놓고 소파에 앉아 커피를 마셨다. 얼마 전 구입한 루악 오디오에서 도미닉 밀러의 재즈 음악이 흘러나왔다. 그의 깔끔한 연주와는 다르게 머리가 복잡했다. 씁쓸한 결말이었다. 저절로 한숨이 나왔다. 기분이 나쁘다는 말로는 다 설명이 되지 않았다. 허공에 날아가 버린 돈은 그렇다 치고, 이 모든 게 거짓이었다는 사실이 충격적이었다. 안녕, 하고 인사하던 하얀 개는 어디로 가 버린 걸까. 도움을 필요로 하던 그 많은 개들은.

그러고 보니 쫑이는 어디로 갔더라. 어렸을 때 키웠던, 그 작고 귀엽던 강아지는. 쫑이는 계속 자랐다. 대부분의 믹스견이 그렇듯이. 혜나가 사는 아파트에서 키우기에는 버거울 정도로. 아니, 귀찮아질 정도로. 개는 매일 같이 산책을 나가야 했고, 제때 목욕을 시켜주지 않으면 냄새가 났고, 자주 거실에 오줌을 쌌다. 쫑이는 삼 년만에 시골집으로 보내졌다. 답답한 아파트보다는 넓은 마당과 마음껏 뛰놀 수 있는 자연 환경이 좋을 것 같았다. 아니, 그래야 했다. 개를 두고 떠나오며 혜나는 뒤를 돌아보며 눈물을 훔쳤다. 그리고, 잊었다. 쫑이는 혜나가 중학교 1학년 때 죽었다. 창고에 뿌려놓은 쥐약을 먹고. 그렇게 죽은 개들이 어디로 가는지 혜나는 알지 못했다.

밤인데도 날씨는 후덥지근했다. 혜나는 리모콘으로 에어컨 온도를 낮췄다. 현은 클라이언트와 미팅으로 늦는다고 했다. 코로나 확진자 수가 줄어들어서 그런지, 회사에서는 재택 근무보다는 사무실에 상주할 수 있는 프리랜서를 선호하게 되었다. 넥타이 매고 다닐 날이 멀지 않았다며 슬퍼하던 현을 떠올리자 그나마 웃음이 났다. 드라마라도 볼 요량으로 티브이를 트는데 현에게서 전화가 왔다.

준희가 통장에 돈 넣었대.

잊고 있었던 이름. 또, 준희였다. 받지 못할 거라고 생각했었는데, 다행히 준희는 잊지 않은 모양이었다. 실업급여를 받으며 쉬고 있던 준희는 이번에 반도체 공장에 들어갔다고 했다. 또 얼마나 다닐지는 모르지만 무작정 쉬는 것보다는 나았다. 아직 어리니까 뭐든 할 수 있을 것이다. 이번 공장은 오래 다니기를 바라며, 혜나는 모바일 뱅킹 앱을 열고 계좌 상세내역을 찾았다.

통장에는 이자 없이 원금만 깔끔하게 들어와 있었다.

송금인 정준희. 십 원 한푼 남김 없이 똑 떨어지는 금액이었다. 청년적금통장 이자가 세다더니, 그건 고스란히 자기가 챙긴 듯했다. 이자를 바라고 빌려준 것은 아니었지만 내심 언짢았다. 준다고 해도 받지 않았을 테지만, 그래도 말이라도 할 수 있었을 텐데.

잊었던 프라하가 눈앞에 어른거렸다. 밀란 쿤데라의 소설 속 배경을 눈으로 보고, 현장을 직접 걷고 싶었다. 바츨라프 광장과 국립 오페라 극장, 황금소로와 필스너 맥주 양조장, 시간이 된다면 카프카 문학관과 레넌 벽도 들르면 좋을 것 같았다. 햇빛이 쏟아지는 야외 카페에 앉아 비엔나 커피를 마시고, 카를교를 건너며 버스킹 공연을 보고 싶었다. 공연에 맞춰 밤이 늦도록 춤을 추고 노래를 부르고 이

방인들과 마음을 나누고 싶었다. 이 모든 것들을 포기하고 얻은 결과가 이거였나. 허탈했다. 두 달 전 왔던 준희의 문자를 다시 봤다.

정말, 고마워요.

느릿한 준희의 말투가 재생되었다. 붉디 붉은 준희의 흉터마저도. 혜나는 문자 메시지를 지웠다. 커피를 개수대에 버리고 냉장고에서 찬물을 꺼내 마셨다. 이가 시릴 만큼 차가웠지만 속은 시원해지지 않았다. 냉동실에서 얼음을 꺼내 씹었다. 오도독, 소리가 유독 크게 느껴졌다. 그래도 성에 차지 않아 혜나는 에어컨 온도를 더 낮췄다. 그제야 조금 시원해졌다. 소파에 앉아 눈을 감았다. 음악 소리에 에어컨 돌아가는 소리가 겹쳐 신경을 방해했다. 이마에 손을 짚으며 생각했다. 정확한 건 알겠는데 개념이 없다고.

어쩌면 준희는 그 돈을 갚기 위해 몇 달을 고생했을지도 모른다. 쉴 틈 없이 일을 하고, 남는 시간에 부업을 하고, 시간을 쪼개 아르바이트를 하고, 그러고도 모자란 돈을 어찌어찌 메꿔야 했는지도. 그러는 와중에도 준희는 차곡차곡 진행되는 회사의 구조조정을 받아들이고, 묵묵히 짐을 싸고, 마지막 월급을 확인하고, 얼마 다니지 않았던 회사를 나섰을 것이다. 손에 쥐어주는 위로금을 몇 푼 더 받아보려고 싸울 생각도 못하고, 순응하는 것이 익숙한 듯이. 언제나 그랬던 것처럼. 반도체 공장에 가도 마찬가지일 것이다. 작업복을 입고 몰딩 작업을 하고, 느릿한 손놀림으로 칩을 조립하고, 때가 되면 밥을 먹고, 지친 퇴근길에 사람들로 꽉 찬 엘리베이터를 기대감 없이 내려보낼 수도 있었다. 언제나 남겨지는 쪽은 자기라는 듯이. 무색의 화학물질만큼이나, 눈에 보이지 않는 것은 쉽게 잊혀진다. 삶에서 멀리 치워진다.

그깟 적금 이자가 뭐라고. 돈이 들어오지 않은 것도 아니고 약속을 안 지킨 것도 아니다. 잃어버린 것은 멋대로 기대했던 마음, 고맙다는 말에 응당 따라올 거라 생각했던 성의, 그렇게 될 거라 믿었던 가능성뿐이었다. 미뤄진 여행마저도 다음에 다시 일정을 잡으면 된다. 그뿐이다. 그래도 불쾌한 마음은 쉽사리 없어지지 않았다. 혜나는 눈을 떴다. 쓸데없이 예민한 감정이 드는 건 어제 제대로 잠을 못 잔 탓일지도 모른다.

듣던 음악이 끝나자 다음으로 'What You Didn't Say'가 흘러나왔다. 그러고 보니 내일이 주아 씨의 사십구재였다. 한 대리가 말해 줬다. 가족들만 모여서 조촐하게 치르는 모양이었다. 회사엔 새로 디자이너가 들어왔고, 미처 치우지 못한 책상에 컴퓨터와 전화기, 문구류가 세팅되었다. 책상은 회사의 자산으로 분류되어 파손이나 변형 등의 이유가 아니고는 쉽게 교체되지 않았다. 심지어 죽음마저도.

반도체 공장에서 일하게 된 사람은 주아 씨일 수도 있었다.

혜나는 떠오르는 상념을 떨쳐버리려는 듯 고개를 흔들었다. 스피커 볼륨을 높였다. 음악 소리가 높아졌다. What You Didn't Say. 당신이 말하지 않은 것은 무엇인가. 혜나는 고민하는 대신, 휴대폰을 들고 인스타그램에 접속했다.

인스타그램에는 사연들이 넘쳐났다. 행복한 사연도 슬픈 사연도, 안타깝거나 동정적인 사연도, 모두 사각형의 프레임 안에서 비슷비슷했다. 사람들은 피드를 읽으며 웃거나 눈물을 흘리거나, 흐뭇해하거나 화를 내거나, 다른 사람들과 같은 사연을 나눴다. '좋아요' 한 번에 거기에 얽힌 사연은 간단히 해결되었다. 누군가의 죽음도, 누군가의 외로움도 마찬가지로. 혜나는 음악을 들으며 인스타그램에 글을 쓰기 시작했다. 말하지 않은 것들을, 수천 수만 개의 피드 속에 사라져버릴 진실 한 조각을.

# 보라의 보라

박선경

몸부림을 친다. 신음소리를 낸다. 기도한다. 고통은 기도를 방해한다. 기도에 집중할 수 없다. 하늘에 계신… 아버지… 어머니… 아버지… 아버지… 기도문이 기억나질 않는다. 기도가 이어지지 못한다. 그저 빈다. 이 모든 걸 멈춰 달라고 빈다. 내 죄를 사하여 주소서… 주님, 저를 불쌍히 여기소서.

통증이 다가오면 온통 몸에만 집중한다는 점에서 고통은 몰입의 최절정이다. 느긋하고 묵직하게 보라를 누르는 통증은 순식간에 온 존재를 휘어잡는다. 고통에 발버둥을 친다. 휘둘리지 않으려 할수록 몸짓과 마음과 영혼이 일치된다. 고통을 줄이기 위해 무슨 짓이든 한다. 몸을 뒤집어버린 약을 빼내고 싶다. 살려달라고 빈다. 마지막으로 성당에 다녀온 게 언제였는지 기억도 나질 않지만 무조건 빈다. 몇 십 년간 찾은 적이 없으니 하느님도 보라를 잊었을지 모른다. 아니다. 주일학교에서 배운 하느님이라면 아무리 오래되었다고 해도 기억할지 모른다. 이번에는 기억해달라고 기도한다. 잊지 말라고 기도한다. 불쌍히 여겨달라고 기도한다. 그러다 오직 무기력만 남는다. 혼자 있고 싶다. 혼자 있고 싶지 않다. 아니다. 아무에게도 이 초라한 모습을 보이고 싶지 않다. 약을 먹고 토한다. 침대에 무릎을 꿇고 몸을 둥글게 만다. 무엇을 해도 통증의 무게를 견딜 수 없다. 아… 아… 길고 낮은 소리가 저절로 나온다. 소리에 고통을 묻어본다.

고통을 겪으며 진정한 자신이 되살아난다. 구토를 하고 몸부림을 친다. 병과 싸우고 무기력과 싸운다. 시원한 평화가 찾아온다. 붉은 통증은 점차 보랏빛으로 변한다. 이제 살만하다. 그리하여 나중에 토하더라도 먹어야 살 수 있지 않을까 하는 삶 속으로 돌아온다.


나 이제 출발하는데, 필요한 거 없어?
아침 먹은 걸 치우고 있는데 정수가 전화를 걸어왔다.

없어. 여기 올 필요 없어…요. 진짜. 그냥… 쉬어…요.

보라는 명백하고 분명한 거절의 말을 골랐다. '필요'는
정수가 예민하게 사용하는 단어였다. 정수는 존대를 하면
존중받는 느낌이 든다고 좋아했고 보라는 정수를 거절하
기 위해 그 표현을 선택했다. 보라의 의사와 상관 없이 정
수는 예정대로 움직일 것이다. 보라는 전화를 끊고 시간을
봤다.

8시 정각이었다.


정수는 아침 6시 즈음 알람이 울리지 않아도 눈을 떴
다. 전기포트 온도를 확인해 40도로 물을 데우는 동안 세
수를 하고 이를 닦았다. 울리는 알람을 끄면서 정확하게
움직이는 자기 자신에게 뿌듯함을 느끼며 따뜻한 물을
500ml 컵에 담아 천천히 마셨다. 그러면 몸이 옥수수빛으
로 천천히 물드는 걸 느낄 수 있었다. 공복에 미지근한 맹
물을 마시기 시작하면서 배변도 좋아졌다. 대변 모양과 형
태를 확인하고 변기물을 내리며 정수는 매번 뿌듯해했다.
입꼬리가 올라간 채 무슨 큰일이 난 것처럼 보라를 불러 똥
이 얼마나 예쁘게 빠졌는지 보여주었다. 소용돌이 속으로
똥물이 사라지도록 입을 벌리고 바라보고 있는 게 얼마나
많은 세균과의 만남인 줄 아냐는 보라의 말에도 반응이 없

던 정수는 변기물에 있던 세균이 어디까지 퍼지는지 실험한 미국 콜로라도 대학 연구 결과를 기사 링크로 확인한 후에야 변기 뚜껑을 닫고 물을 내리기 시작했다.

아침 의식을 거치면 정수는 바람막이 점퍼를 챙겨입고 한 시간 동안 공원을 산책하고 돌아왔다.

갔다 오는 거리가 점점 늘어난다니깐. 오늘은 저 쌍다리까지 갔다 왔어. 무리 안 하려고 천천히 갔다 온 게 그 정도야.

정수는 매일 공복 산책을 마치고 돌아오면서 만족스럽게 이야기했다. 샤워를 하고 나오면서 넷플릭스를 틀었다. 어제 봤던 중국 무협 영화를 이어 보며 그릭요거트와 견과류로 아침식사를 했다.

나는 구십까지 운전하고 백살까지 살거야.

정수는 종종 이렇게 선언했는데 그럴 때마다 보라는 끝없는 터널을 걸어가는 것처럼 심란하고 답답해졌다.


딸 나영이 무료할 때 시간 때우기 좋다며 OTT 보는 방법을 설명해줄 때 정수는 열패감을 느꼈다. 무료하다니… 시간을 때우다니… 그 무슨 모욕적인 말인가. 퇴직했다고 무료한 건 아니었다. 이건… 마치… 와이셔츠에 넥타이를 갖춰 완벽한 정장을 입고 회의에 갔을 때 캐주얼 차림의 젊은 교장들 사이에서 느낀 감정과 비슷했다. 젊은 사람들과 어울리지 못한다는 느낌은 이제 곧 밀려나겠다는 위기감을 불러일으켰다. 그때가 떠올라 정수는 내가 그렇게 할 일 없는 노인네냐며 버럭 화를 냈다. 밀린 책도 읽고 산책도 여유롭게 다니고 퇴직 교장단 모임에서 스페인이며 이탈리아로 여행도 다녀왔다. 몇 십년간 바쁘다고 미뤄둔 일을 다 하는데 두 달도 채 걸리지 않았다. 그 일을 다 하고 나니 할 일이 없어졌다. 할 일이 없다는 건 견디기 힘들었다. 나영이 말대로 텔레비전을 보니 신세계였다. 필요없다고 선을 뽑아버리겠다고 난리를 치던 정수는 어느새 OTT 없이는 생활이 안 되는 지경에 이르렀다. 보라와 서로 보고 싶은 게 달라 싸우는 걸 안 나영이가 중고 태블릿을 사서 몰래 보라에게 안겼다. 보라는 정수가 안방에 들어오지 않는 시간에 책을 쌓아 태블릿을 가리고 드라마를 봤다. 그런 허술한 눈가림만으로도 정수에게 태블릿의 존재를 숨긴다는 게 우스웠지만 그런 웃기지도 않은 일들이 계속해서 일어났다.

중국 드라마는 인생 그 자체라 말이야. 배울 게 많아. 권선징악이 뚜렷하잖아. 요즘 나쁜 놈들 잘 먹고 잘 사는 것 같지만 다 벌 받고 말이야. 게으르고 못된 놈들은 다 벌 받아야 해. 얼마나 후련해. 열심히 살아야 복 받는다고. 그

러니까 드라마 보는 걸로 뭐라고 좀 하지 마. 내가 언제 쓸
데 없는 짓 하는 거 봤어? 당신 보는 그 골치 아픈 좀비 드
라마보다 훨씬 나아. 사람도 아닌 것들이 사람들 물어뜯고
말야. 언제부터 그렇게 잔인해졌어? 사람이 생산성 있는
걸 봐야지 말이야.

　　정수는 몇 달을 소파에서 먹고 자며 텔레비전을 보더
니 어느 날 깨치고 일어나 자기 패턴을 찾아갔다. 보라는
그 패턴을 파악해 움직이며 그전과 다름없는 생활을 유지
했다. 정수는 한번 정한 규칙은 웬만해서 바꾸지 않았다.
아무리 다음 회차가 궁금해도 아침에 한 시간, 저녁 자기
전에 두 시간 외에는 절대로 드라마를 보지 않았다. 한번
시작하면 밤을 새는 보라와는 다른 엄청난 인내력이었다.
한번에 2회 이상은 보지 않았고 하루 분량으로 정한 시리
즈 한 회 분이 끝나면 정수는 하, 소리를 내뱉으며 전원버
튼을 껐다.


　　정수는 매일 병원에 오기 위해 정성스레 머리를 빗고
양복을 입었다. 정수의 옷장에는 몇 번 입지도 못한 양복이
여러 벌 있었다. 교장 발령받은 첫해 백화점에 짬짬이 들러
양복만 열 벌 넘게 사들였는데 막상 정장 입을 일이 별로
없었다. 복장 간소화 공문이 내려와서 그런지 세태가 그런

지 학교장 회의를 가도 복장을 제대로 갖춘 교장들이 드물었다. 사십대 초반에 장학사를 거쳐 오십 전에 교장을 다는 경우도 많았다. 정수는 젊은 교장들을 싫어하는 티를 내지 않으려고 애를 썼다. 옛날 같으면 어디 셔츠 바람에 교육청에 드나드냐는 비슷한 연배 교장들의 한탄 같은 말에도 끼지 않고 선을 지켰다. 올드하다느니, 예스럽다느니 하는 말을 듣지 않으려 취향을 죽이고 젊은 애들이 좋아하는 걸 찾아 입고 신었다.

이제 은퇴했으니 젊은 애들 눈치볼 일도 없었다. 정수는 막 클리닝 해 와 뽀송뽀송하게 옷감이 살아난 양복 냄새 맡는 걸 좋아했다. 양복에 코를 대고 킁킁 석유 냄새를 맡았다. 돈을 허투루 쓰는 걸 싫어하지만 이 정도 호사는 정수의 사회적 지위에서 누릴만하다고 생각했다.

병원에 가서 먹을 커피까지 보온병에 챙겨 들고 집을 나섰다. 아픈 보라가 정수의 먹을거리까지 신경 쓰지 않게 하려는 배려였다. 정수는 매일 병원에 출근해 홀로 북방을 지키는 장군처럼 침대 곁에 앉아 보라 곁을 지켰다. 잠깐 얼굴만 보고 가는 문병과는 차원이 달랐다. 보라가 아무리 다른 환자들에게 눈치보인다고 오지 말라고 말려도 정수는 흘려들었다.

정수는 보라가 암에 걸린 걸 안 순간부터 모든 에너지

를 간병에 집중했다. 최교장을 따라 다니던 서각 교실도 그만뒀다. 한번 시작하면 중간에 그만두지 않는 정수에게는 나름대로 큰 희생이었다. 암에 관련한 모든 책을 찾아 읽어 정리했고 국내에서 가장 유명한 병원을 물색해 서너 군데에 예약했다. 그만 좀 하자고 널브러진 보라를 다독이고 달래며 여러 의사에게 초진을 받아본 후 주치의를 최종 결정했다.

신경 쓰지 마. 내가 다 알아서 할게.

정수가 주도면밀하게 준비한 치료의 길에 보라는 그저 따라만 가면 되는 거였다. 보라가 자기 뜻을 내비칠 틈은 없었다. 수술받고 항암치료를 하는 6개월 남짓한 세월 동안 정수는 퇴직 이후 가장 많은 사람들과 통화를 하고 사람들을 만났다. 교육수첩을 넘겨 가며 기억을 더듬어 병든 사람을 찾아냈다. 어느 병원이 좋은지 어떤 치료가 나은지, 보호자는 무엇을 해야 하는지 조언을 받기 시작했다. 먼저 최교장 막냇동생이 오래 전에 위암 수술을 했던 것을 기억해냈다. 교장으로 첫 발령을 받아 학교 분위기 익히기도 바쁜 3월에 이제 마흔 넘긴 막내가 큰 병에 걸렸다고 최교장이 하소연을 했으니 딱 십년 전이었다. 죽었다는 얘기는 못 들었으니 치병을 잘했을 거라는 합리적 판단이 들었다. 최교장에게 먼저 전화를 걸어 서각교실을 관두게 된 배경을 설명하며 보라의 병을 알렸다. 그렇게 찾아보니 본인이 병을 앓은 경우는 물론이고, 배우자, 형제, 심지어 자식까지… 주변에 암에 걸린 사람이 없는 사람이 드물었다. 그렇게 안부를 묻고, 보라의 근황을 알리고, 사람들이 추천하는 음식이나 생활환경 따위를 적어내려갔다. 처음에는 조언을 받기 위해서였지만 어느 정도 정보가 쌓인 후에는 소문을 내는 데 그쳤다. 그들이 알려주는 치유법이라는 게 특별할 게 없었고 거기서 거기였음에도 정수는 전화를 멈추지 않았다. 의례적인 안부를 나눈 후에, 어… 우리 박선생 병에 걸려서 내가 조언 좀 구하려고, 로 시작하여 보라의 병의 발견 방법과 진행 상황을 전달했다. 보라가 아는 사람 중 보라의 소식을 모르는 사람이 존재할까? 보라는 통화하는 정수의 목소리를 듣지 않으려고 볼륨을 높였다.

보라가 선항암과 수술을 거쳐 방사선 치료를 하는 동안 정수는 교수 출신, 의사 출신이 하는 암 치유 강의를 들으러 다녔고 방대한 분량의 정보를 수집해 정리했다. 그렇게 6개월이 지났다.

사실 말이야. 이게 입원까지 할 일이 아니잖아. 다들 통원 치료하는데 말이야. 그렇잖아. 이게 다 국가적 낭비라고.

정수는 일주일에 두 번 오는 도우미를 마음에 들어하지 않았다. 욕실에 물때가 그대로 있다거나 빨래 개는 방식이 틀렸다는 식이었다. 혼자서 잠드는 것도 쓸쓸하다고 했다.

집에 와서 살림하라는 게 아니라 당신 편하라고 하는 말이야. 도우미도 당신 말이면 잘 들을거야. 한 두어달은 계속 오라고 하자고.

정수가 보온병에 담아온 차가버섯차를 내밀었다. 하루에 열 잔은 마셔야 한다며 2리터짜리 보온병을 두 개 사서 하나는 병실에 두고 하나는 집에서 새로 우린 차를 매일 갖고 왔다. 보라는 차를 받아 컵에 입만 댔다 정수가 돌아가면 세면대에 버렸다.

병원에서 특별한 치료 하는 것도 없는데, 집에서 편하게 치료해. 내가 녹즙도 매일 아침 저녁으로 해줄거고. 신선한 녹즙이 최고야. 몰라서 그렇지. 집만한 데가 어디 있겠어. 내 말 맞잖아.

보라가 쉿소리를 내며 조심시키자 정수는 내가 어쨌다고, 하더니 삐져서는 고개를 외로 꼬았다. 저걸 달래서 내보내야 내가 속이 편하지, 보라는 이를 악물고 정수 옷깃을 잡아 끌었다.

나 여기서 방사선만 받는 거 아니야. 물리치료도 받고

온열도 하잖아. 그거 받으면 하루종일이야. 왔다 갔다 하는 게 더 힘들어.

정수가 의자를 침대쪽으로 끌어당겨 앉더니 침대 난간을 잡고 얼굴을 보라에게 디밀었다.

온열은 매일 하는 거 아니잖아. 치료 있을 때마다 내가 자가용으로 딱딱 모시고 다닐텐데 무슨 걱정이야. 훨씬 편하지. 여기서 밥 같지도 않은 밥 먹으면서 불편한 침대에서 고생하지 말고. 편한 침대에서 제대로 된 밥을 먹고 몸이 편해야 병도 낫는거야. 내가 이번에 이백만원 가까이 주고 당신 침대도 새로 샀어. 모션 베드인가 그거 있잖아. 이거 후후 불면서 마셔. 차가버섯차. 좋대. 내려놓고 있다가 먼지 타게 하지 말고. 나도 6개월 같이 먹었는데 좋네. 아침에 가뿐해. 멀쩡한 사람도 이런데 환자한테는 더 좋지. 최교장 동생이 6년 동안 차가버섯차 먹었대. 위암 3기였는데 지금 멀쩡하거든. 내가 만나봤잖아. 치료는 다 정성이고 노력이야. 퇴원하는 거 생각해 봐. 알겠지?


정수가 최교장과 만나는 날이라 오늘 병원에 오지 못한다는 문자가 왔다. 아, 그랬지. 매달 둘째주 화요일은 최교장과 둘레길 걷는 날이었지. 그 기계 같은 일정 관리가 떠오른 보라는 가슴이 두근거렸다. 뜻밖의 휴가였다. 방사선 치료를 마치고 하루를 어떻게 보낼까 고민하는데 전화가 울렸다. 정수였다. 보라는 저도 모르게 한숨을 내뱉었다. 방사선 치료를 마치고 오면 환부에 알로에젤을 발라 열기를 식혀야 했다. 방사선에 화상 입은 환부의 열기를 식히는 동안에는 전화를 받지 않았다. 알로에젤이 다 마르길 기다리며 좀비 드라마 한 편을 봤다. 옷을 걸치는 데 숨이 찼다. 치료 막바지가 되니 조금씩 더 피곤해졌다. 마지막 단추까지 다 꿰고 나니 또 전화가 울렸다.

뭐하는데 전화를 안 받아?

정수는 무언가 씹고 있는 것 같았다. 쥐포나 오징어겠지. 쩝쩝대며 씹는 소리가 요란했다. 냄새가 병원까지 넘어오는 것 같아 구역질이 났다.

응, 뭐 해.

보라가 두건을 매만지며 대답했다.

뭐하냐고.

거울 보고 있었어.

흥… 아무것도 안 하고 있구먼.

그렇지 않아도 없는 기운이 콧구멍 사이로 빠져 나갔다.

왜?

하와이에서 사 온 모자 어디다 뒀지? 그때 선진지 견

학 갔을 때 산 모자 말이야.

정수는 자기 행동에 대한 확신으로 보라나 다른 사람들이 불편해하는 사실을 외면하고, 불편해하는 사람들이 문제인 걸로 만들었다. 물리적인 치료에 앞서 정서적인 평화가 얼마나 중요한지 모르니 그렇게 매일 주기적으로 평화를 깨는 거겠지만, 여기까지 생각하자 두통이 밀려와 보라는 머리를 싸쥐었다.

빌어먹을 놈.

수면제를 털어넣고 저녁 식사 시간까지 푹 자고 싶었다. 하와이 모자를 어디 뒀는지 기억해내고 싶지 않았다. 애초에 여름도 아닌데 갑자기 하와이 모자를 찾는걸까. 모임에 뭘 입고 갈까 고르다가 떠올랐을 것이다. 정수는 무언가 생각이 꽂히면 앞뒤 좌우 안 가리고 무조건 그 일부터 해야 직성이 풀렸다.

혼자서 아프다… 죽겠다… 기운 없다… 하면서 누워만 있는 것보다 뭐라도 하는 게 훨씬 나아. 뇌를 좀 활성화하란 말이야. 머리를 좀 써야지. 축 처져 있지 말고. 응? 긍정적인 마음이 치유에 얼마나 중요한지 알아?

하와이, 모자를 떠올리고 모자의 모양을 생각하고 그것을 보관할만한 장롱 구석 어딘가를 머릿속으로 떠올리는 과정에서 펼쳐지는 입체적 사고 과정을… 할말한… 여력이 없었다. 누워서 통화만 하는데도 기가 찼다. 기억을 더듬는 작업에 얼마나 많은 기운이 필요한가 말이다.

모르겠어. 생각 안 난다고. 미안… 나 좀 쉴게.

전화를 끊으며, 내가 뭐가 미안하지? 편하게 지나가려고 사과하지 말자고 결심했는데도 행동교정까지는 이어지지 않았다. 보라는 통화의 기억을 잊으려고 태블릿을 켜고 드라마에서 좋아하는 부분을 찾아 보기 시작했다. 각성한 주인공이 좀비를 죽이고 또 죽이며 도시를 빠져나가는 데 성공하는 장면이었다. 한가해지면 읽어야지 묵혀놓은 책이 옷장에 쌓이고 넘쳐 태블릿 옆에도 두세 권 나뒹굴었다. 좋아하던 작가가 이번에 낸 에세이집이라 출간하자마자 산 책도 드문드문 읽다가… 또 좀비를 보다가 중간에 지루해지면 건너뛰고 다시 책을 읽었다. 이 책 저 책 뒤적대면서 읽어야 하는데… 읽어야 하는데… 마음으로 초조해하면서도 태블릿을 손에서 내려놓지 못했다. 그런데 읽어야 하는 건 뭘까, 읽고 싶은 것도 아니고. 정수가 오지 않아 선선하게 걸었던 평일 산책길에서 떠오른 물음이었다.

저녁밥이 나오는 5시 무렵은 병실 다섯 개 침대에 주인이 모두 앉아 있는 유일한 시간이었다. 각자 냉장고에서 반찬이며 과일, 채소도 꺼내면서 저녁식사 준비하느라 분

주했다. 다른 방에서도 반찬통을 들고 와 앉아 일상이 살아
났다.

　자기야, 보라씨! 나 이 말 안 하려고 했는데….

　낮 동안 내내 앓다 겨우 자리에 앉은 승옥이 등에 베개
를 고이며 말했다. 보라보다 두 살 많은 승옥은 암이 재발
한 후 몇 년간 입퇴원을 반복하면서 집보다 병원에 있는 시
간이 길다고 했다. 승옥이 말을 꺼내자 다른 이들도 숨죽였
다. 리모컨을 항상 들고 살던 봉자가 귀를 쫑긋하듯 텔레비
전 볼륨을 최소로 줄였다.

　자기 남편 안 오면 안 돼? 정말 내가 참다 참다 말하는
거야. 얼마나 불편한 줄 알아?

　승옥은 참았던 분노가 터진듯 속사포처럼 말을 이어
갔다.

　아니 간호간병통합인데 왜 오는 거야? 매일. 굳이. 뭘
지키고 있겠다고? 치료받고 와서 자기 침대에서 누워 쉬려
고 하면 자기 남편이 떡하니 지키고 있어. 와서 병원이 어
땠느니 저땠느니 의사들 실력이 어떻고 저떻고. 여기서 죽
어라 치료받는 사람들 맥 빠지게 말이야. 뭐하는 짓이야?
정말 나는 기운 없어 그렇다치고 다른 애들은 무슨 죄야?
방사선 쐬고 와서 약 바르고 벌거벗은 몸 내놓고 말리는데
자기 남편이 그 옆에 있으면 얼마나 불편한데? 국가적으로

이게 말이 되냐고. 자기 남편 맨날 하는 말이잖아. 정말 몰라서 그러는거야?

승옥이 목소리가 높아지자 성애가 일어서려는 걸 보라가 눈짓으로 말렸다.

알았어. 알았는데… 못했어. 미안해. 모두들… 미안해. 이번엔 진짜 못 오게 할게. 밥 먹자. 기분 좋게 먹자고. 미안해.

보라는 자리에서 일어나서 침대마다 가서 사과를 했다. 그제야 진공 같은 병실 안에 깔깔대고 웃는 세상 밖 텔레비전 소리가 들려왔다.

○

보라가 새로 병실을 배치받아 챙길 때, 드디어 성애랑 같은 방을 받았다며 축하한다는 인사까지 받았다. 입퇴원을 세 번 반복하는 동안 성애와는 이번에 처음으로 같은 방에 배정되었다. 성애는 싹싹하고 성격 좋고 아픈 언니들 잘 챙기기로 유명했다. 갓 마흔이라는데 어린 나이에 몹쓸 병에 걸려서 불쌍하다며 자기들도 암환자면서 걱정을 한소리씩 했다. 항암으로 열이 오르면 의사들은 그저 해열제를 주었지만 성애는 겨자찜질로 체온을 내려준다고 했다. 약이라면 신물이 나는 환자들이 성애를 찾는 건 당연했다. 열이 다 내릴 때까지 옆에서 시시콜콜한 드라마 이야기를 하며 마음을 풀어준다고도 했다. 스포츠 마사지도 배워 안마도 수준급이어서 병동에서 인기가 많았다. 별명이 '마더 성애'였다. 어떤 여자인지 궁금했다. 언제나 성애랑 같은 병실을 쓰게 되나 기다려 왔다.

성애는 침대 옆 수납장에 짐을 챙기는 정수 옆에서 어정쩡하게 서 있는 보라를 보며 눈인사를 까닥했다. 어딘가 모르게 낯이 익었다. 정수가 환기를 해야 한다며 창문을 열며 소란을 피우는데 보라는 침대에 걸터앉아 말리지도 못했다. 보라가 손짓으로 하지 말라고 말렸지만 정수는 듣지 않았다. 정수가 가고 난 후 모두에게 양해를 구하는 편이 나았다. 성애는 항암이 끝나가는 중이라 그런지 바람 빠진 풍선처럼 늘어졌다. 쾌활 발랄해서 옆에 있기만 해도 기분이 좋아진다더니 소문과는 달랐다. 무슨 힘으로 아침 저녁으로 집에 전화하는지 신기했다.

성애는 전화를 하려고 사는 사람 같았다. 아침에 눈을 뜨면 휴대폰을 확인해 스케줄표를 보며 초등학생 연년생 여자애들을 챙겼다. 아침밥 먹을 때는 남편과 아이들에게 번갈아 전화를 돌리고, 아이들 방과후 학원이며 과외를 챙기느라 항상 전화기를 붙들고 살았다. 아이들 선생님들과 통화할 때는 여느 엄마들과 똑같이 나긋하고도 생기 있었다. 영어 단어 시험 결과며 수학 학원 같은 반 친구와 싸우는 일까지 병실 사람들이 다 알았다. 성애 덕분에 일상을 살아가는 것 같았다. 치료가 없는 주말은 외출을 끊고 토요일, 일요일 이틀 내내 집에 가서 청소도 하고 음식도 만들어 놓고 오느라 녹초가 되어 병원으로 돌아왔다.

저렇게 신경을 써서야 없던 병도 생기겠다. 무슨 치료가 되겠어. 애들은 그냥 둬도 잘 커. 지 몸이나 챙기지. 유난이다. 유난이야.

병실 사람들이 걱정하며 한마디씩 하는데 보라까지 말을 더 얹고 싶지는 않아 잠자코 있었다.


선생님, 저 기억 나세요?

병실에 성애와 보라가 둘만 남았을 때 성애가 바깥 눈치를 살피며 아는 척을 해왔다. 누구 듣는 사람이 있을까 싶어 보라는 주위를 두리번거렸다.

성애… 그래… 임성애… 성북초 임성애… 맞니?

성애가 고개를 끄덕였다. 선생님이라는 호칭을 듣는 순간 **모르는** 성애에서 **아는** 성애로 바뀌었다. 아버지한테 몽둥이로 맞은 팔뚝을 긴팔옷으로 가리고 학교에 와서 친구들과 팔짱 끼고 까르르 웃고 다녔던 6학년 2반 성애. 팔뚝이며 다리에 멍을 보고는 더 참지 못하고 학교로 부모를 부르기도 하고 집으로 찾아도 가봤다. 보라를 집 안으로 들이지도 않고 성애 아버지는 집안일이니 상관하지 말라고 밀어냈다. 밀어내는 힘에 밀려 뒷걸음치다 다시 밀고 들어갔다. 성애가 얼마나 거짓말을 잘하고 되바라졌고 못된 아이인지 버릇을 고치려고 얼마나 뼈가 빠지게 노력하는지 그 아버지에게 듣다가, 문득으로 성애와 보라가 눈이 마주쳤다. 1초도 되지 않는 찰나였는데, 들키고 싶지 않은 것을 들켜 어쩔줄 몰라 부끄럽고 불행한 얼굴이었다. 성애에 대한 기억은 그게 끝이었다. 그 후에도 성애는 학교를 다녔지만 보라의 기억에서 사라졌다. 그 아버지에게 더 무슨 험한 일을 당하지는 않았는지, 학교는 어디까지 마쳤는지 새삼 궁금했지만 묻지 못했다.

그 사람 앞에서는 나 아는 척 마. 네가 귀찮아져.

성애는 무슨 말인지 알겠다는 듯 아, 하며 웃었다. 웃는 걸 보니 그 임성애였다. 무엇인가 해야 했는데 아무것도 해준 게 없어서 잊고 싶었던 어린 아이였다.

저는 첫눈에 알아봤어요. 샘이시더라구요. 이름 보고 확인했죠. 괜찮아요. 예전의 저를 기억하신다고 하면 더 인사하기 힘들었을 거예요. 저 머리도 엄청 길고. 엄청 애들하고 까불고 다녔는데… 이뻤잖아요. 그때 저. 지금은… 이

꼴이니깐… 저 결혼도 잘 했어요. 남자가 착하고 성실하면 됐죠. 돈 버느라고 문병 한번 제대로 못 오지만 착해요. 엄청 착하고 성실하고 애들도 잘 챙기고. 좋아요. 좋은 사람이에요.

성애는 보라를 다독이듯, 자기는 잘 살았다고 안심을 시켰다.


샘… 이거… 조거팬츠라고 요즘 유행인 추리닝이에요.

성애는 병실에 아무도 없는 걸 확인하고는 보라를 불렀다. 보라는 누구 듣는 사람 없나 고개를 주욱 빼고 주위를 돌아보았다.

괜찮아요. 아무도 없어요. 다들 6병동으로 타로점 보러 갔잖아요. 다들 무슨 정해진 운명이 있는 것처럼 그렇게 알고 싶은가봐요. 저는 그런 거 안 믿어요. 저는 정해진대로 살았으면 아직도 그 집구석에서 못 벗어났을 거라구요. 아… 나 눈물나네… 제 전력 샘은 아시죠? 여튼요. 이거 추리닝 같지 않은 추리닝이라고 아이 돌봐주는 옆동 언니가 사줬어요. 이번에 홍삼이랑 같이 얼마 넣어 드렸는데 편하게 입으라고 이걸 사다주시더라구요. 고맙죠. 어때요?

성애는 손바닥으로 바지를 만족스레 훑으며 매무새를 살폈다. 민트색 바지가 헐렁했다.

예쁘네.

성애는 진짜요? 진짜 이뻐요? 물으며 장난스럽게 쇼 핑백을 뒤적거렸다. 서툴게 다음 마술을 준비하는 초보 마 술사 같았다.

근데요… 그래서요… 그 예쁜 걸 의리 없이 혼자 입을 수는 없어서… 제가 똑같은 걸로 하나 더 사왔죠.

성애가 연보라색 조거팬츠를 꺼냈다.

나? 나 입으라고?

보라는 손가락으로 자기 가슴을 가리켰다.

혼자 입으면 쪽팔리지만 둘이 입으면 이건 트렌드가 되는 거거든요.

보라는 에휴, 못 살겠다는 표정을 지으면서도 옷을 꺼 내 다리에 대보았다. 마음이 환해졌다. 장난스러운 마음이 바람결에 들어오면서 고통에만 몰입했던 짙은 보라색에서 떨쳐 나왔다. 연보라색으로 세상이 바뀌는 것 같았다. 복도 에서 폴대 미는 소리가 가까워지자 보라는 서둘러 바지를 장에 집어 넣었다. 성애에게 입모양으로 고맙다고 전했는 데 성애가 봤는지 못 봤는지는 확실치 않았다.


보라는 텅 빈 병실이 좋았다. 병과의 싸움도 모두 쉬는 휴일에는 아무도 아프지 않은 듯 평화로웠다. 주말에 병실이 텅 비면 병동을 한가하게 쏘다니며 놀았다. 외래 진료가 없으니 로비도 한산했다.

　치료가 없는 주말은 장기 입원 환자 중 움직일 수 있는 이들은 대부분 외출했다. 보라는 집으로 돌아가지 않았다. 주말 외출이 허락되는 걸 정수가 모르게 했다. 정수는 주말은 쉬겠다며 병실에 오지 않았다. 텅 빈 병실에 앉아 드라마나 예능을 보고, 옷을 갈아 입고 길게 산책하고 오래 햇볕을 쬐고 동네를 쏘다니다 우유가 들어가지 않은 호밀빵을 공원 벤치에서 뜯어 먹었다. 이렇게 평화로운 날을 유지하기 위해서는 계획이 필요했다.

　옮겨갈 요양병원을 알아보고 전화로 상담도 마쳤다. 암 전문 요양병원이나 한방병원은 전국에 몇 군데 없었고, 들어가려면 최소 한달에 몇백만 원은 써야 했다. 1회에 30만원이 넘는 온열치료나 고용량 비타민 치료를 기본으로 하고 미슬토 치료나 줄기세포 같은 고가의 치료를 약속해야 대기 명단에 들어갈 수 있었다. 전국을 뒤져 안동에 있는 암 치료 전문 병원에 예약을 해 두었다. 안동은 정수가 가본 적도 없는 먼 곳이었다. 보라에게도 어떤 연고도 없었다. 정수가 모르는 장소가 안전했다. 정수는 보라가 낯선 요양병원에 들어갈 거라는 생각은 못할 것이다. 일단 몸을 만들고 그 다음 일을 생각하기로 했다. 미리 불안해하고 계획한다고 다가올 고난을 피할 수 있는 건 아니라는 걸 보라는 알고 있었다. 겪을 일이 두려워 피하면 다른 방향에서 크게 당했다. 일단 할 수 있는 걸 선택하는 것이다.

돈 있는 만큼 밖에서 버티기로 한 이상 죽은 후에 받을 보험금보다 당장 확보할 돈이 필요했다. 진단금으로 받은 돈과 보라 앞으로 되어 있는 예금과 적금을 모두 찾아 나영이 이름으로 된 요구불 통장에 넣었다. 나영이가 미성년자일 때 만들어둔 통장에 짬짬이 돈을 넣어주어 아직 휴면 처리되지 않은 걸 이용하기로 했다. 체크카드도 시험 삼아 써보니 문자도 보라 앞으로 잘 전달되었다. 나영이 고등학교 다닐 때까지 용돈통장으로 쓰던 걸 아직 보라가 관리하고 있던 것이다. 나중에 따로 챙겨주려고 모은 걸 이렇게 쓰니 마치 도둑질을 하는 것 같아 나영에게 미안했다. 나영이는 이 통장을 잊었을테고 정수는 존재 자체를 몰랐다.

은행일을 마치고 돌아오는 길에 백화점에 들러 성애 아이들 옷이며 어린이용 크로스백 같은 걸 샀다. 그래도 학교 선생을 오래 해서 그런지 아이들 옷 보는 눈이 있어 다행이었다.

병원 앞 옷가게 있지? 거기서 샀으니까 맘에 드는 걸로 바꿔. 택만 안 떼면 바꿔준대.

성애는 옷을 꺼내 어깨 부분을 잡고 들어보며 펄펄 뛰

며 좋아했다.

　바꾸긴 왜 바꿔요. 다 맘에 들어요. 애들 너무 좋아하
겠다. 학교갈 때 입히면 되겠어요. 어쩜 좋아. 어쩜 좋아. 제
가 뭐라고 이런 걸 받아요. 샘 고마워요. 정말요.


　정수에게 퇴원 날짜를 다르게 말해 두었다. 요즘 간병
일지인지 뭔지 책 쓰는 일에 정신이 팔려서인지 전처럼 꼼
꼼하게 챙기지 않아서 다행이었다. 보험료 받을 서류도 모
두 떼어놓았다. 준비는 끝났다.

　아무것도 남기지 않고 떠나야 했다. 나영에게는 엄마
가 연락이 안 되어도 걱정하지 말라고 미리 언질을 해두었
다. 따로 연락하겠다고. 보라는 성애가 준 연보라색 바지를
입고 외출용으로 들고 다니는 작은 에코백에 지갑과 휴대
폰, 태블릿과 에어팟만 챙겨 잠깐 외출하듯 병원을 나왔다.
돌아갈 일 없는 발걸음이 가벼웠다. 병원에서 택시를 잡아
타고 버스터미널로 향했다.


　　　　　　　　　　ㅇ


　정수는 퇴원을 위해 짐가방을 들고 병원에 도착한다.
넥타이 없이 가벼운 양복 차림이다. 중앙 엘리베이터

를 타 휴대폰에 저장해둔 간병인용 바코드를 대고 암병동이 있는 5층 버튼을 누른다. 병동 간호사들과 인사를 하며 병실로 들어선다. 병실은 어제와 다를 것 없기도 하고 어제와 다르기도 하다. 누군가는 치료를 받으러 침대를 비웠고, 누군가는 퇴원을 하고, 누군가는 일인실로 옮겨졌고, 새로 입원한 환자도 보인다. 어제 새로 입원한 환자는 정수가 병실로 들어서는 걸 보면서 놀라 커튼을 친다. 정수는 당황하지 않고 살짝 목례하고 보라의 침대로 향한다. 침대에 커튼이 둘러쳐 있는 걸 본 정수는 나 왔어, 하고는 침대 옆 통로 쪽에 의자를 옮겨 고요히 앉는다. 텔레비전을 보고 있던 승옥이 자리를 비운다. 병실에는 정수뿐이다. 보온병을 꺼내 차가버섯을 달인 물을 컵에 따라 보라가 먹게 둔다. 커튼 안이 이상하리만큼 조용하다. 5분을 넘게 기다려도 별다른 인기척이 없다. 정수는 그제야 뭔가 잘못됐다 싶어 커튼깃을 잡고 안을 살짝 들여다 본다.

보라가 없다.

빈 침대를 붙잡고 정수는 전화를 한다. 전화가 정지된 상태다. 뭔가 불안하다. 장을 열어봐도 짐은 그대로다.

말도 없이 어딜 간 거야?

정수는 다급하게 간호대기실로 가서 504호 박보라 환자가 없어졌다고 신고한다. 간호사는 아무렇지 않은 표정으로 현실을 통보한다.

박보라 환자 아침 일찍 퇴원 수속 밟으셨어요.

아니, 그런 줄 알면서 아까 병실 앞에서 인사할 때 왜 아무 말도 안 했냐고 정수가 화를 낸다. 수간호사가 상황을 듣고 스테이션으로 달려온다.

그렇지 않아도 짐 빼달라고 말씀드리려고 했어요. 퇴원을 하시려면 짐을 빼셔야죠.

환자 혼자 무슨 퇴원이냐고 정수가 소리 지른다. 무슨 환자 관리를 이따위로 하냐고 차트를 던진다. 내가 누구인 줄 아냐는 말이 나오자마자 간호사들은 보안팀을 부른다. 정수가 스테이션에서 끌려 나가는 장면을 환자들이 병동 복도에 나와 구경한다.

o

정수는 보라가 사라졌다는 사실을 믿을 수 없었다. 어디서도 보라를 찾지 못했다. 경찰에 신고를 하고, 나영에게 전화를 했는데 반응이 이상했다. 암환자가… 보라가… 애 엄마가… 자의로 연락을 끊고 사라질 이유는 없었다. 경찰이고 병원이고 집으로 돌아가 기다리라는 말밖에는 하지 않았다.

환자가 가면 어디 가겠어요… 그냥… 어디 바람이나 쐬시겠죠. 걱정 마세요, 걱정 마시고 집으로 가세요. 아빠.

보라가 머물 장소는 병원과 집이 전부다. 그 외의 장소는 그저 지나가는 곳이었다. 아픈 사람이고 돈도 꽤 있으니 납치를 당했을 수도 있고 길에서 쓰러졌을 가능성도 있는데 사람들이 너무 태평했다.

밤새도록 보라를 기다렸지만 보라는 돌아오지 않았다.

까무룩 잠이 들었다 아침 6시에 눈을 떴다. 천천히 하루가 시작되었다.

보라가 없는 하루다.

# 하와이안 레이

최병찬

## 이제 저희는 사업가이자 행복한 신혼부부가 됩니다
조회수 100만회 1년 전 미니지연

여러분 저희가 독립운동가 후손들 집을 무료로 인테리어 했던 영상 기억하시죠? 여러분들이 이 영상을 사랑해주셔서, 어느새 유튜브 구독자가 100만 명을 넘게 되었네요. 더 많은 독립운동가 후손들에게 도움을 주기 위해 저희는 '독닙회사'를 차리기로 결심했습니다. 독립운동 관련 굿즈도 판매할 예정이니 많은 사랑 부탁드릴게요.

또 다가올 광복절을 맞아서, 새로운 특집 영상을 준비

하고 있습니다. 바로 상민의 할아버지 만배 이야기입니다. 만배 할아버지는 투쟁과 희생으로 엮인 삶을 살아 왔어요. 명문 양반가 집안에서 태어나 유복한 유년생활을 보냈지만 조국을 위해 독립운동을 택했다고 해요. 이 선택으로 인해 만배 할아버지는 모든 재산을 잃고, 최근까지 폐허가 된 반지하에서 살아야만 했어요. 만배 할아버지는 어째서 이런 선택을 하게 된 걸까요? 그래서 만배 할아버지의 이야기를 더 깊이 파고들기 위해 요양원에 방문하기로 했습니다. 만배 할아버지는 치매 때문에 요양원에 계시거든요. 그래도 중증 치매는 아니라서 다행이에요.

물론 다른 이유도 있어요. 여러분 모두가 기다려온 소식이에요. 드디어 저희 결혼하게 되었습니다. 여러분이 축하해준다면 더할 나위가 없겠어요. 기쁜 소식을 만배 할아버지에게 전하기 위해 요양원으로 향하는 거예요. 그러니 이번 광복절 특집 영상 잊지 말고 꼭 봐주셔야 해요. 그럼 다음에 봐요.


**만배 할아버지를 요양원에 방치한 전 독닙회사 대표 박상민 [비공개]** 1달전 팩트지연 요양원 방문은 최악이었어요. 상민, 아니 이제부터 상민씨라고 지칭할게요. 상민씨는 처음에 요양원 위치도 몰라서 헤맸어요. 3년 만에 와서 기억이 가물가물하다고 말하는 데 참나.

상민씨가 요양원에 들어서자마자 흐리멍텅한 만배 할아버지의 눈동자가 상민씨를 알아보듯 깜빡거렸어요. 문에 달린 유리창 너머로도 만배 할아버지가 환하게 짓는 미소가 보였어요. 상민씨를 서둘러서 보고 싶은지, 만배 할아버지는 오른쪽 다리를 저는데도 어기적거리며 오더라고요. 저는 상민씨와 만배 할아버지가 서로 안는 장면을 스마트폰으로 찍어 훈훈한 분위기를 담을 수 있었죠.

그런데 문제는 제가 만배 할아버지께 인사를 드릴 때였어요. 상민씨는 만배 할아버지에게 결혼할 사람이라고 저를 소개했어요. 만배 할아버지는 유심히 제 얼굴을 바라보시면서 이름과 본관을 묻더군요. 유지연이라고 이름을 말할 때 만배 할아버지 미간이 찌푸려졌고, 본관까지 말하자 지팡이를 쥐고 있던 손을 부들부들 떨더라고요. 혹시 제할아버지 성함은 아냐고 묻길래 대답해 드렸죠. 그러자 만배 할아버지가 괴성을 지르는 거예요. 절규하는 비명에 놀라서 요양원에 계신 어떤 노인분은 소리를 질렀어요. 다른 노인분은 혼자 계속 중얼중얼했고요. 저희는 혼비백산이 되어 요양원을 벗어나는 데 급급했어요. 하지만 만배 할아버지가 외치는 문장만큼은 명확히 들었죠.

"유종복의 혈통으로 우리 집안에 시집을 온다고? 그 빌어먹을 놈의 얼굴이 네 이목구비에 고스란히 새겨져 있는데. 결혼은 절대 허락할 수 없어!"

모조리 처음 듣는 소리였어요. 증조부 성함이 유종복이란 사실도, 증조부가 일제시대 친일파 앞잡이 노릇을 한 일도. 만배 할아버지가 증조부의 모진 고문으로 인해 다리를 저는 이유도 말이죠. 하지만 알게 되었습니다. 유종복이라는 선조가 제 발목을 잡게 될 무거운 짐이 될 사실을요.


## 박상민은 사과 대신 회피를 택했고, 저는 부끄러움보다 껄끄러움을 느꼈습니다 [비공개] 20일전 팩트지연

저는 증조부 행적이 빼곡히 적힌 논문을 읽었어요. 증조부는 민가로 숨어 들어간 독립운동가를 색출하는데 도가 튼 인물이었어요. 증조부의 방법은 한 가지였어요. 무작정 민가로 들어가서 눈앞에 보이는 사람을 독립운동했다는 이유로 체포하는거죠. 이후 자백할 때까지 고문했고요. 고통을 버티지 못한 민간인이 거짓으로 독립운동을 했다고 말해도 관계없었고, 자신 대신 무고한 이가 잡혀갔다는 죄책감을 못 이겨 독립운동가가 자백해도 그걸로 좋았다고 하네요. 논문을 볼수록 저는 증조부가 친일파란 사실을 반박할 수 없었고요.

그렇다면 일제의 압력에 굴복해 증조부가 만행을 저질렀다면 참작의 여지가 있지 않을까요. 아니면 과거 행적을 참회했다는 기록이 적혀 있다면 옹호를 할 수 있지 않을까요. 저는 반론의 여지를 찾아보았죠. 하지만 쓰레기를 메운 땅을 파헤치듯 찾을수록 지독한 악행들이 오물처럼 끊임없이 튀어나왔어요.

유종복은 기분이 언짢으면 농민을 붙잡아 멀쩡한 다리를 몽둥이로 내리쳐 불구로 만들곤 했다. 그의 아들인 덕남은 농민들을 따라다니며 절뚝 쩔뚝거린다고 놀려 댔으니 사람들은 금수 종복 밑에 금수 덕남이 태어났다 했다.

증조부는 평생 자신이 벌인 악독한 행위를 후회하지 않았더라고요. 증조부는 천벌을 받는 대신 천수를 누렸죠. 잔병치레는 겪은 적도 없고, 죽기 사흘 전 시름시름 앓은 게 전부였어요. 결정적으로 친일파 인명사전에 떡하니 증조부 이름이 표기되어 있었어요. 저는 변론을 포기했죠.

눈앞에 보이는 상황을 부정하고 싶었어요. 그런데 일반적으로 친일파라면 나라를 팔아먹은 대가로 대대손손 부자로 살지 않나요? 그리고 막대한 재산을 물려받은 후손들은 안하무인인 태도로 떵떵거리며 사는 모습이 떠오르는데. 하지만 저는 대학 시절 월세뿐만 아니라 생활비를 스스로 벌었습니다. 최근에서야 간신히 학자금대출을 갚았고요.

덕남 할아버지가 노름에 빠졌었다는 글을 읽었어요. 퍼즐이 맞춰지네요. 막대한 재산을 한 세대만에 홀라당 까먹어 버린 거죠. 덕남 할아버지는 중증 치매에 걸려 요양원에 입소했어요. 제 얼굴을 봐도 이름을 떠올리지 못하는데. 참으로 재산도, 기억도 날려버리는데 능하시네요. 저에게 물려준 건 친일파 후손이라는 불명예스러운 칭호뿐인가 봐요. 아, 또 선산도 있네요. 위치는 본가에서 먼데 쓸데없이 성묘하고 제사를 지내게 만들어서 애물단지에 불과한데 말이죠.

그런데 웃긴 게 무엇인지 아세요? 덕남 할아버지 도벽이 제 부끄러운 감정 일부를 날려버렸다는 거예요. 조상이 친일했다는 사실은 부정하지 못해요. 그런데 같은 민족을 착취해서 얻은 재산이 없다는 점에서 저는 떳떳해요. 그래서인지 저는 부끄러움보다 껄끄러움을 크게 느꼈어요. 사실 결혼은 만배 할아버지가 반대하더라도, 저와 상민이 추진하면 차질 없이 이루어져요. 걸리는 건 저희가 진행하고 있는 사업이죠. 독립운동가와 관련된 유튜버에게 친일파라는 단어는 운동화 안에 들어간 돌멩이처럼 거추장스럽더군요. 돌멩이야 빼내면 발에 상처도 나지 않겠지만 친일파라는 사실은 사업의 걸림돌이 되는 중대 사항이에요. 독립운동가를 지원하는 친일파 후손의 회사. 공존해서는 안될 두 단어가 만나 덜그럭거리는 꼴이죠.

썰끄러운 이유는 하나 더 있었는데, 만배 할아버지가 절뚝이던 모습이 자꾸만 떠올랐어요. 증조부에게 받은 고문 후유증으로 다리를 절게 됐을 때 만배 할아버지 나이는 고작 15살이었어요. 저에게 만배 할아버지를 불구로 만든 증조부의 피가 흐른다는 게 마음에 걸렸어요.

그런데 만배 할아버지에게 사과하는게 의미가 있을까요? 죄책감에서 벗어나기 위한 이름뿐인 사과가 아닐까요. 가해자는 존재하지도 않고. 가해자 아들은 중증 치매에 걸려 사건을 기억하지도 못하는데. 생각은 깊어지지만 뽀족한 수는 나오지 않아 잡념이 꼬리에 꼬리를 물며 증식하더군요.

고민 끝에 만배 할아버지에게 사과하겠다고, 상민씨에게 말했습니다. 그러자 상민씨는 제게 네가 잘못한 게 아니라고 말하더군요. 웃기게도 상민씨의 말은 제 마음속에

응어리져 있던 죄책감을 덜어주었죠. 하지만 그 뒤에 상민 씨는 할아버지는 기억도 못 하시니 다 잊는다는 둥, 라이브를 안 켜서 다행이다, 생방으로 나왔다면 아찔했을 거라는 둥, 묘한 말을 하더라고요. 제 걱정보다 회사를 더 염려하는 듯 보였어요. 그랬으니 바로 광복절에 맞춰서 라리나 최 브이로그 특집을 늘리자고 말했겠죠? 물론 저도 당시 경황이 없긴 했어요. 하지만 다른 일에 집중하는 편이 스멀스멀 피어오르는 불안감을 잠재울 수 있다고 생각해 그러자고 대답했죠.

## 치매와의 싸움, 라리나 최와의 대화. 역사와 현재의 만남 조회수 120만회 11개월전 미니지연

여러분께 안타까운 소식을 전해야 할 것 같아요. 만배 할아버지 치매 상태가 심각하다는 점이에요. 독립운동 활동 당시 기억을 전혀 하질 못해서 관련 영상을 찍을 수가 없게 되었습니다. 그래서 대신 다른 게스트를 섭외했어요. 바로 라리나 최입니다! 하와이 출신 아이돌로 요즘 예능계의 블루칩이죠. 라리나 최와 저희 독닙회사가 콜라보를 진행하기로 했습니다! 그런데 라리나 최의 선조가 하와이에서 독립운동을 진두지휘했던 사실을 아시나요? 관련된 내용이 궁금하다면 8월 15일에 업로드 되는 영상을 꼭 봐주세요.

**라리나 최의 실체를 밝힙니다. [비공개]** 10일전 팩트지연

라리나 최는 하와이 이민 독립운동가 후손 4세대 아이돌이에요. 라리나는 각종 매제에서 자기 조상이 독립운동을 한 사실을 자랑스럽게 말했죠. 저희 독닙회사가 마침 스마트폰 케이스, 티셔츠 등의 굿즈 판매를 통해 사업 확장 계획 중이었어요. 공격적인 마케팅이 필요하던 와중에 라리나를 광고 모델로 발탁했어요. 마케팅에 투자할 금액이 여유롭지 않은 점을 고려한다면. 라리나는 최선이자 최적의 광고 모델이었죠.

서대문 형무소에서 라리나를 사석에서 처음으로 봤어요. 라리나는 한국에 온 지 3년이 되었으니 일상대화에 통역은 필요 없었죠. 그런데 서대문 형무소에서는 어려운 단어들이 많아요. 굴복, 투쟁, 타협, 옥고. 라리나가 이 단어를 모를 수 있어요. 일상에서 접하지 않는 단어니까요. 번역기를 틀고 저와 라리나가 어수룩하게 대화를 나누는 것까지

는 괜찮아요. 어차피 흐름이 끊기는 부분은 편집하면 그만이니까요. 그런데 라리나의 태도가 문제였어요. 고작 몇 분이 지났다고 벌써 시큰둥한 표정으로 고문실을 흘겨보며 스마트폰 하기 바빴죠. 어두컴컴한 형무소에서 재현한 처절한 비명처럼 스산해졌어요. 마침 인스타그램 하트를 누르고 있길래, 부드럽게 이야기했죠. 지금 찍고 있는 영상은 광복절에 맞춰서 올라갈 거라고. 8월 15일에 맞춰서 지금 보고 있는 인스타그램에 독립 관련 글을 올려줄 수 있냐고. 그랬더니 라리나가 뭐라고 말했는지 아세요? 독립이요? 독립기념일은 7월 4일 아니냐고.

돌이켜보면 이때 계약을 고려해봐야 했었죠. 미국독립기념일이랑 한국독립기념일을 구분도 못하는 애를 광고 모델로 세웠다니. 머릿속에 비명이 울려대는 듯 했어요. 그래도 꾹꾹 참으며, 라리나에게 8월 15일이 한국 독립기념일이라고 말을 해줬죠. 그랬더니 그때 하와이에 가니까, 시차 고려해서 하루 전날에 올리면 되냐고 묻더군요. 그러면서 라리나는 연달아 인스타그램에 올릴 사진을 스마트폰으로 찍고 있더라고요. 파국을 맞이하지 않기 위해 제가 선택한 대답은 한 단어뿐이었죠. 네. 그런데 파멸은 다가오더라고요. 뉴스 기사로요.

## 【광복절에 욱일승천기 게시한 연예인, 독립운동가 후손 지원 기업의 광고 모델로 밝혀져 논란】

라리나 최가 자신의 SNS에 욱일승천기 모양의 티셔츠를 입은 사진을 게재해 논란이 일고 있습니다. 라리나 최는 독립운동가 후손을 지원하는 기업의 광고 모델로 활동하고 있어 더욱 파문이 커지고 있습니다.

논란이 된 사진은 라리나 최가 하와이 여행 중 찍은 것으로, 사진 속 욱일승천기 모양의 티셔츠를 입고 있습니다. 이에 라리나 최는 게시물을 삭제하고 사과문을 게재했습니다.

독닙회사는 공식 입장을 내놓진 않았습니다. 그러나 해당 기업 대표의 약혼녀이자 이사인 유지연 씨의 증조할아버지가 친일 인명사전에 등록된 악명 높은 친일파란 사실이 드러났습니다.

친일파의 후손이 독립운동가 후손을 지원하는 기업의 이사로 활동하는 사실에 네티즌들은 "독립운동가 후손을 모독하는 기업", "역사의식을 상실한 기업" 등의 반응을 보이고 있습니다. 그리고 회사의 사과와 광고 모델 교체를 요구하고 있습니다.


당장 항의 전화를 받기조차 바빴어요. 무참하게 짓밟아도 된다는 공식 허가가 내려진 듯, 시민들은 쉬지 않고 저희에게 비난의 돌팔매질을 날리더군요. 질타, 야유, 성토, 규탄. 가지각색의 이유로 분노하는 내용에 제가 유일하게 할 수 있는 말이 무엇이겠어요. 죄송합니다, 뿐이죠. 그런데 죄송하다고 말하는 저는 무엇이 죄송한지 모르겠더라고요. 며칠 전까지 이름도 알지 못했던 친일파 증손녀로 태어난 게 잘못된 것인지. 친일파였던 사실을 유튜브를 하기 전에 미리 알고 밝혔어야 했는지. 그저 쓰나미처럼 몰려오는 야유를 벗어나기 위해 공허한 말뿐인 사과를 외치고 있는 게 아닌지.

저희는 당혹감에 사로잡혀 공식 입장 표명조차 하지 못한 채 시간을 허비했어요. 침묵하는 찰나의 시간, 저희에 대한 자극적인 거짓 루머가 생겼어요. 그리고 이 루머를 주워 담아 짜깁기한 기사와 영상이 범람하더군요. 그 속에서 상민씨는 기부금으로 고급 스포츠카 3대를 구매한 몰상식한 한량이었죠. 저는 일제가 한국을 지배해 발전에 도움 되었다는 말을 떠벌리고, 강남에 물려받은 빌딩을 자랑하는 인물이 되었더군요. 그러자 상민씨는 제게 진정성이 있는 사과가 필요하다고 조심스럽게 말했습니다. 사과를 말렸던 상민씨가 그 누구보다도 사과를 원하고 있는 모습에 저는 되물었죠.

"누구한테?"

"사과방송을 켜고 시청자들한테 하면 되지."

"사과를 시청자들에게 하면 충분하다고?"

"응. 어차피, 사과받고 안 받고를 결정하는 건 대중들이잖아."

"그럼 이게 진정성이 있는 사과야? 불특정 다수에게 죄송하다고 말만 하면 되는 게."

"논란만 종식하면 그게 진정성 있는 사과지."

"아니, 나는 애초에 저지른 일이 없는데? 다들 나를 가해자 취급하는데. 나도 피해자라고!"

피해자보다 지금 상황을 적절하게 설명해주는 단어가 없었습니다.

"지연아. 그건 나도…"

상민씨는 문장을 잇지 못하더군요. 애꿎은 입술만 깨문 채 바들바들 떨고 있는 저를 안아주었죠. 하지만 원치 않은 사과방송을 빠르게 켜야 했어요. 회사 매출이 전년 대비 20%로 급감했다는 소식을 접했기 때문이었죠. 애석하게도 이는 거짓 루머가 아니었고요.

**죄송합니다** 조회수 500만회 10개월 전 미니지연

방송을 시작하니 화면에 여태껏 본 적 없던 시청자 수와 빠르게 올라가는 채팅이 보였어요. 매국노. 친일파. 앞잡이. 채팅창에 단어들이 나올 거라 각오했어요. 하지만 막상 눈앞에 떠오르는 단어들을 보니 가슴이 막혔어요. 그런데 이 단어들은 그나마 순화된 표현이었죠. 차마 입에 담기 힘든, 정제되지 않은 단어와 문장들이 채팅창에서 범람했어요. 저는 렌즈를 빼고 온 걸 잘했다고 생각해요. 집중하지 않으면 금방 흐릿해지는 시야가 이토록 반가운 줄은 몰랐어요. 상민씨는 괜찮을 거라고 제 손을 붙잡았어요. 땀으로 범벅이 된 상민의 손이 바들바들 떨고 있는 걸 보고 있자니 누굴 걱정해야 하는지 모르겠더군요. 상민씨는 눈물을 훌쩍이며, 같은 문장을 몇 번씩 반복해서 읽더라고요.

　"저희는 라리나 최가 광고 모델로 적합하지 않은 점을 생각하지 못했던 점에 대해 사과를 드립니다. 또한, 이로 인해 삼일절이라는 국가적 기념일에 국민께 큰 심려를 끼친 점도 사과드립니다. 저희는 라리나 최와의 계약을 즉시 종료하였으며, 라리나 최와 독닙회사 사이에 어떠한 관계도 없음을 명확히 밝힙니다."

## 사과 방송은 쇼였습니다. [비공개] 5일전 팩트지연

상민씨가 방송에서 우는거 봤죠? 그런데 그거 다 안약이에요. 언제 준비했는지 안약 몇 방울을 계속 눈에다가 넣더라고요. 그래서 제가 상민씨가 눈물 흘리는 장면에 고개 푹 숙이는데, 어이가 없어 헛웃음이 나는 걸 참느라 그런거였어요. 상민씨는 방송 전 제게 요청하는 게 많았어요. 울먹이는 목소리가 나올 때 짓는 그 표정을 유지해라. 화장기 없는 민낯으로 해야 사과가 잘 먹힌다. 그러면서 상민씨는 헛소리를 주절거렸어요.

"민심 나락 가는 거 수습만 잘하면 되는거야. 조회수 폭발하는 거 봤지? 이건 위기가 아니라 기회라고. 사죄한 친일파, 독립운동가를 돕기로 하다. 이렇게 썸네일을 만들고 복귀방송을 올리는 거야. 지연아 왜 나 그렇게 쳐다봐? 너 돈 안 벌 거야? 조금만 생각해보자고. 방송 몇 개월 동안 쉬면 가고 싶었던 유럽도 갈 수 있잖아. 일단 이 순간만 넘기자고."

사과가 지닌 진실성이 희석되어 버린 거죠. 덕분에 저는 우중충한 표정을 유지하면서 사과문을 읽을 수 있었죠.

안녕하세요. 저는 유지연이며, 독닙회사 이사입니다. 라리나 최로 인해 국민에게 염려 끼친 점 다시 한번 사과를 드립니다. 이제 제 증조부에 관한 이야기를 하고자 합니다. 증조부는 친일인명대사전에 들어갈 정도로 악질적인 친일파입니다. 저는 이 사실을 맹세코 숨기려…

"지연아. 그 대사는 넣지 마. 사람들은 아니라고 하면 반박하고 싶어 해. 물어뜯는 먹잇감만 주는 거야. 대신, 제 선조가 악행을 저지른 점에 대해 저는 부끄러움을 느낍니다, 이렇게 이야기를 하는 편이 좋을 것 같아."

저는 저의 선조들이 범한 잘못과 그로 인해 입힌 상처에 대해 깊은 부끄러움을 느끼고 있습니다. 제가 이 사실을 모르고 살아온 시간 동안 제가 지니고 있던 무지와 무관심함에 대해도 부끄러움을 느끼고 있습니다.

"지연아. 말로만 사과한다고 하지는 말자. 행동이 있으면 좋은데. 그래. 기부. 기부하는 건 어떨까?"
"우리 가진 돈도 없잖아."
"우선 대출을 해서라도. 지금 상황을 일단 피하자고."

이러한 부끄러움을 조금이라도 씻어내기 위해 이사직에서

사임 결정을 했습니다. 저는 이번 사임을 통해 책임을 피하는 것이 아닌 오히려 책임을 져야 할 때라고 생각합니다. 이사직에서 벌인 수익금을 모두 독립기념관에 기부하겠습니다. 또한, 잘못을 바로잡아나가기 위해 앞으로 애쓸 것을 약속드립니다. 마지막으로, 증조부의 행동으로 인해 상처받았을 선조분들에게 깊은 사과의 말씀을 전합니다. 그리고 이 땅에 아직도 함께하고 계신 분들이 있다면 언제든지 존중과 감사의 마음으로 고개를 숙이고 함께 걸어가겠습니다.

그렇게 마무리되려는 찰나 댓글 하나가 상황을 바꾸었습니다.

ㄴ 그런데 정작 사과할 사람이 왜 사과를 안 함? 유지연 할아버지도 친일파인데 멀쩡히 살아 있음ㅋㅋㅋ

채팅창이 그 순간 불타올랐어요. 덕남 할아버지는 중증 치매예요. 제 이름조차 기억을 못 해요. 제가 이 사실을 말했지만, 실시간으로 달리는 댓글은 가관이었어요.

ㄴ 친일파를 변호하네. 역시 피는 못 속이네.

나중에 방송을 다시 보니, 이 순간 제 얼굴이 창백하게 변했더라고요. 제 시선이 화면에 고정조차 하지 못할 때, 상민씨가 굳은 표정으로 그 말을 했죠.

"그러면 제가 만배 할아버지를 데리고, 사과받아 오겠습니다. 그게 독립운동가 후손으로서 제가 할 도리이자 책임이라 생각합니다."

그 순간 정신이 확 돌아오더라고요. 발언 하나로 상민씨와 제 평가는 극단적으로 바뀌었죠. 찬사는 상민씨에게 조롱은 저에게 향했습니다. 방송을 마쳤을 때, 저는 누명을 벗을 수 없는 친일파였고, 상민씨는 숭고한 독립운동가가 되어 있었죠.

상민씨는 민심을 돌릴 방법을 찾았다고 좋아했지만, 저는 깨달았죠. 그래서 방송을 끄자마자 제 입에선 그만두자는 말이 절로 나왔습니다.

"여기까지 왔는데 어떻게 그만둬. 혹시 만배 할아버지 걱정하는 거야? 괜찮아. 편집해서 사과받는 내용을 넣으면 그만이지."

"그러면 만배 할아버지가 충격받을 건 생각 안 하는 거고?"

"할아버지 치매 때문에 기억 못 하셔. 금방 잊을거야."

잊힌다는 말을 듣고 머리가 빙글빙글 돌더군요. 마음속에 꾹꾹 눌러두었던 분노와 실망감이 폭발했습니다. 상민씨였다면 이렇게 말했겠죠. 방송이 꺼져 있어서 다행이다. 구독자들이 성을 낸 제 모습을 보면 둘 간에 불화가 생겼다고 비웃기 바빴을 테니까요. 저는 방송에서 할 수 없었던, 유리 파편처럼 꽂혀 있던 마음속 비관과 분개를 마음껏 토해낼 수 있었습니다.

"이제 너 같은 놈이랑 더 이상은 못 만나. 우리 헤어져."

그때만큼 정신이 또렷했던 적이 있을까 싶네요. 돌이켜보면, 상민씨와 제가 벌인 사업 때문에 제 조상의 치부가 대중에게 드러나게 된 거잖아요. 조용히 둘이 생활을 했다면, 평탄한 삶을 살았을 거고, 지금처럼 불명예스럽게 유명해지진 않았겠죠. 또, 정의에 중독된 불특정 다수의 손찌검을 억지로 감내할 필요도 없고요. 억울함이 목에 차오르니 끝끝내 참아 왔던 말까지 입 밖으로 나왔어요.

"독립운동가를 위해 일한다는 너는 만배 할아버지를 요양소에 3년 동안 처박아 두기나 하고. 가장 가까운 가족조차 돌보지 않는 네가 독립운동가 유튜버를 하는 게 맞다고 생각해?"

상민씨 집안과 결혼은 처음부터 엉켜버린 실타래였습니다. 풀면 풀수록 관계는 꼬여갔죠. 인제 와서 보면 칼로 매듭을 잘라 내는 게 최선의 해결 방법이었어요.

"만배 할아버지 말이 맞아. 너희 집안과 우리 집안은 결혼해선 안 됐어. 못볼 꼴 다 봤으니 더는 내 눈 앞에서 꺼져."

상민씨는 할 말을 잊은 채 우두커니 서 있기만 하더군요. 그 얼빠진 표정을 쳐다보기가 꼴사나워 저는 밖으로 뛰쳐나갔습니다.

어둡고 침침한 하늘에 비가 쏟아지고 있었죠. 저는 우산도 없이 질척질척 비를 맞으며 거리를 걸었습니다. 손가락이 젖어서 그런지 약혼반지가 쉽게 빠지지 않더군요. 약혼반지를 상민의 집 앞에 내팽개쳐도 마음이 후련하지 않았습니다. 짙게 깔린 음울한 먹구름이 머리 위에 무겁게 달라 붙어 있었죠. 질식할 듯한 습기를 품은 비는 저를 축축하게 만들었습니다. 제 몸은 물로 끈적이고, 젖어버렸기에 점점 무거워졌습니다. 상민씨와 만나지 말라는 만배 할아버지의 말은 저를 위한 게 아니었을까요. 저는 붉게 부어오른 약지를 감쌌습니다.


**독립운동가 지원 유튜브를 만들자고 한 것도
저였습니다. [비공개]** 3일전 팩트지연

폭우로 창문에 빗방울이 튀길 때면, 상민씨와 함께 독립운동가의 낡은 집을 돈 한 푼 받지 않고 인테리어를 해주었던 그 날이 떠올라요.

고백하자면 영상을 기획한 사람은 저였고, 상민씨는 제 의견에 사사건건 토를 달았죠. 굳이 시골까지 갈 필요가 있느냐, 무료 인테리어를 해봤자 조회 수가 얼마냐 나오겠냐. 그 돈이면 우리 생활비에 얼마만큼 보탤 수 있겠냐. 오지에 있는 독립운동가분을 찾아가는 차 안에서 한시도 쉬지 않고 저한테 불평불만을 털어놓았죠. 저는 한 마디도 대꾸하지 않았습니다. 대신 쉴 틈 없이 비가 차를 때려댔고, 와이퍼는 유리창에 정신없이 흐르는 물을 닦아 냈습니다. 이따금 울리는 천둥소리만이 상민의 입을 잠깐 다물게 할 수 있었습니다. 저는 잠시나마 상민씨가 더 조용해지길 바라며, 번개가 다시 번쩍이길 기도했어요.

하지만 막상 독립운동가 집에 방문하자 상민씨는 경건해졌어요. 독립운동가의 집은 거주공간보다 오랫동안 방치되어 썩은 구조물에 가까웠어요. 바닥엔 시멘트벽이 벌거벗은 것처럼 드러나 있었고, 집안 곳곳이 물때와 곰팡이로 가득했습니다. 여름엔 바람이 불지 않고, 겨울엔 온기가 보존되지 않았어요. 유일하게 집에서 반짝이는 건 독립운동가 명패가 담긴 액자였어요. 매일 같이 독립운동가분께서 먼지가 쌓이지 않게 닦았기 때문이었죠.

상민씨는 묵묵히 낡은 집을 고쳐 나갔어요. 철거하며 꼼꼼하게 누수가 된 장소를 점검했습니다. 곰팡이를 지우기 위해 락스를 발랐고, 그 위에 새로운 벽지를 꼼꼼하게 발랐습니다. 미끄러운 장판도 신경 써서 교체했습니다. 하지만 좋은 자재를 사용하지 못했고, 인력도 부족했기에 상민씨가 원하는 수준까지 집안을 고칠 수는 없었어요. 그런데 독립운동가분은 감사하다는 말을 잊지 않고, 자신이 이런 도움을 받아도 되는지 물을 정도였죠.

돌아가는 차 안에서 상민씨는 제게 말했어요.

독립운동가분에게 도움을 주자. 그리고 도와주는 일은 우리가 해야 한다고요.

당시에는 어린애처럼 사리 분별하지 못하던 상민씨가 드디어 책임감 있게 행동하나 싶었죠. 사람은 어떤 계기로 변화하거나 성장한다고 하잖아요. 하지만 지금 보면, 그저 조회 수에 눈먼 금수와 다를 바 없습니다. 상민씨는 유튜브로 검색하고 있었거든요. 독립운동가를 지원해주는 또 다른 유튜버가 없는지 말이죠. 상민씨는 경쟁자가 없다고 판단한 거죠. 그러니 하루빨리 시장을 선점해야 했던 거죠. 상민씨의 전략은 보기 좋게 성공했어요. 라리나 최 욱일기 사건이 터지기 전까지 말이죠.

## 드디어 말할 수 있다. 덕남 할아버지 요양원 사건

**[비공개]** 2일전 팩트지연

덕남 할아버지를 보면 방 정리를 하다 우연히 발견한 사진첩이 떠올라요. 사진첩은 먼지로 수북이 덮여 있는데, 펼치면 추억을 떠올리게 할 사진 한 장 남아 있지 않거든요. 제가 유치원 때부터 덕남 할아버지는 요양원에 계셨어요. 덕남 할아버지와 공유할 추억조차 없는 거예요. 심지어 덕남 할아버지와 소통은 불가능해요. 방금 들었던 말을 기억조차 못하고, 계속 제게 뭐라 했니, 라고 말을 반복할 뿐이죠. 그런 덕남 할아버지가 80년 전 만행을 떠올려서 사과한다는 말은 어불성설이에요. 덕남 할아버지가 중증 치매에 걸린 걸 뻔히 알면서도 상민씨는 구독자들과 지킬 수 없는 약속을 한 거예요. 만배 할아버지는 챙기지 않으면서 말이죠. 하지만 웃긴 건 저도 마찬가지였어요. 성인이 되기 전, 부모님 손에 이끌려 덕남 할아버지를 뵙던 게 마지막이었죠.

저는 충동적으로 덕남 할아버지가 계신 요양원으로 찾아갔어요. 파혼한 지 며칠 지나지 않았을 때였죠. 지금 덕남 할아버지를 찾아뵙지 않는다면, 상민과 제가 다를 바 없다는 끔찍한 생각에 가슴이 먹먹해지더라고요.

요양원은 덕남 할아버지가 계셨던 세월만큼 낡아 있었어요. 입구는 희미한 빛이 비칠 뿐이었고, 군데군데 벗겨진 페인트가 눈에 보였어요. 갈라진 천장에 물이 뚝뚝 떨어져 복도를 적시고 있었고요. 요양원 대표님께 안부 인사를 드리고 쑥떡을 드렸어요. 그런데 요양원 대표님께서 냉담하게 말하더군요. 덕남 할아버지는 이가 너무 약해서 씹기 힘들다, 그 나이에 떡을 잘못 먹으면 질식할 위험이 있다고요.

덕남 할아버지는, 제 기억 속의 모습보다 병약했어요. 지팡이에 의지한 채 발걸음을 내딛는 것조차도 힘겨워 보였어요. 눈은 흐리멍덩하고, 구부정한 허리에 불안한 발걸음을 지닌 이 노인이 극악무도하게 독립운동가를 괴롭혔던 인물이라고 믿어지지 않았어요.

"나 쉬 마려워."

이게 유일하게 덕남 할아버지가 할 수 있는 말이었어요. 덕남 할아버지는 옆에서 도와주는 사람이 없으면 화장실조차 갈 힘이 없었어요. 저는 덕남 할아버지를 부축해서 화장실로 조심조심 옮겼어요. 그런데 누군가 정문을 향해 성큼성큼 다가오는 게 보였어요. 박상민씨였어요.

구독자가 말해줘서 상민씨가 요양원 장소를 알았다고 하네요. 그런데 가족과 친인척이 아니면 요양원에 계신 분을 면회할 수가 없어요. 알고 보니, 요양원 인테리어를 무료로 해주겠다는 감언이설로 요양원 원장님을 현혹했더군요. 하지만 저는 당시 한 가지 생각뿐이었어요.

정문을 닫아야 한다. 도어락이 있어서 문을 닫기만 하면, 밖에서 문을 열 방법은 없었어요. 저는 덕남 할아버지를 내팽개칠 정도로 다급했어요. 하지만 요양원에 있는 누구라도 제 행동에 트집을 잡진 못했어요.

덕남 할아버지를 본 만배 할아버지가 분노를 참을 수 없는지 절뚝거리며 맹렬한 속도로 다가오고 있었거든요. 만배 할아버지는 입에는 이빨이 없어 말을 할 때마다 헛바람 소리가 흘러나왔고, 얼굴의 주름이 심하게 접혔어요. 치매가 더욱 심해졌는지, 완성된 문장 수는 적었고, 문장은 조악한 단어들로 난잡하게 이루어져 있을 뿐이었죠.

과거부터 오랫동안 농축되었던 만배 할아버지의 한이 폭발하는 장면은, 고개를 저어 버리고 싶을 정도로 볼품없고, 형편없어 보였어요. 하지만 비통하게도 만배 할아버지의 분노는 덕남 할아버지에게 닿지 않았어요. 덕남 할아버지는 죄책감을 느끼지 못했어요. 요양원 직원의 부축을 받아 일어선 덕남 할아버지는 호기심 어린 눈빛으로 만배 할아버지를 바라보았어요. 덕남 할아버지는 말을 했지만, 발음이 뭉개져 알아듣기 어려웠어요. 만배 할아버지 또한 흥분해서 그런지 점점 무슨 말을 하는지 알아들을 수 없었고요. 그러니 둘 간에 대화는 통할리가 없죠. 마치 두 이방인이 서로 다른 이해할 수 없는 외국어로 말하는 듯 했어요. 놀라운 사실은 상민씨는 이 장면을 스마트폰으로 촬영하고 있었다는 점이었어요. 할아버지들이 외계어를 하는 모습은 기괴했나봐요. 방송을 보고 있는 시청자들이 댓글을 쓰지 않을 정도였으니까요.

그때 만배 할아버지가 미끄러진 바닥 탓에 균형을 잃고 넘어졌어요. 만배 할아버지가 요양원 복도에 고꾸라지는 소리가 적막을 깨고 생생하게 들렸어요. 놀란 마음에 상민씨는 한쪽 신발이 벗겨진 것도 모르고 헐레벌떡 달려왔습니다. 저 또한 당황스러워 비명을 질렀어요. 갑작스러운 아수라장에 채팅장은 혼란에 빠졌고요.

그때 기이한 박수 소리가 소란을 멈추게 했어요. 덕남 할아버지가 침을 질질 흘리며 부들부들 떨리는 손으로 서툴게 손뼉을 치고 있었어요. 중간중간 내는 기침 소리 탓에 덕남 할아버지의 웃음소리는 길게 이어지지 못하고 툭툭 끊겼어요.

"절뚝이."

처음으로 덕남 할아버지가 정확한 발음으로 내뱉은 단어였어요. 반복재생을 하듯이 덕남 할아버지는 단어를 계속해서 말했어요. 만배 할아버지는 비명을 질렀어요.

고통과 분노에 사로잡혔는지 만배 할아버지의 허약한 몸이 부들부들거렸고, 목소리는 꺽꺽거리며 금방이라도 끊어질 듯 들렸어요. 격노한 감정은 꿈틀거리며 만배 할아버지를 일으켜 세웠어요. 성난 만배 할아버지의 두 눈동자는 덕남 할아버지를 맹렬하게 노려보고 있었어요. 평소라면 평지조차 느릿느릿 가기 바쁘던 만배 할아버지가 전광석화처럼 지팡이를 내뺐어요. 어디서 그런 힘이 났는지 정문 유리창을 지팡이로 부쉬버렸어요. 깜짝 놀란 덕남 할아버지는 쥐고 있던 지팡이를 놓쳐버렸어요. 덕남 할아버지는 썩은 지푸라기가 풀썩이듯 힘없이 바닥에 고꾸라졌어요. 만배 할아버지는 부서진 유리 사이로 몸을 비집고 들어서 지팡이로 덕남 할아버지를 구타하려 했어요. 상민씨는 만배 할아버지를 뒤에서 붙잡아 온몸으로 막아 세웠어요. 아수라장이 된 상황에서 덕남 할아버지는 시시덕거렸어요. 그러다 덕남 할아버지가 웃음을 멈췄어요. 대신 발작을 일으켰어요. 몸을 부들부들 떨고, 가슴을 움켜쥐었어요.

"절뚝절뚝 절뚝이."

이 말이 덕남 할아버지의 유언이 될 줄은 누가 알았을까요. 바닥은 덕남 할아버지 바지에서 흘러나온 오줌으로 고여 있었어요. 저희 유튜브 채널은 덕남 할아버지의 임종을 고스란히 담은 방송을 끝으로 폭파되었고요.

## 유튜브? 이젠 때려칩니다. [비공개] 1일전 팩트지연

이게 마지막 폭로 영상이네요. 게시 버튼 위에 손가락을 갖다 댔는데 왜 저는 클릭하지 못하는 걸까요? 여러분은 독닙회사 사건을 잊은 지 오래잖아요. 대중들 관심이 식어 있을 때 폭로 영상을 올려봤자 소용없죠.

유튜브 채널이 폭파되었을 때 힘들었어요. 대인 기피증도 생겼어요. 거리에서 사람들 수군거리면 다 제 이야기를 하는 것 같았고요. 잃을 게 없는 사람이 가장 무섭다고 하죠? 아마 그때의 저였다면 망설임 없이 폭로 영상을 공개했을 거에요. 하지만 지금은 할 수 없어요. 저에겐 잃으면 안 될 소중한 것들이 생겼거든요.

여러분 제가 지금 어디 있게요. 카메라에 보이나요? 여긴 와이키키 해변이에요. 파도가 부드럽게 밀려오면서 백사장에 흰 물결을 만들고 있어요. 뭉실뭉실 떠 있는 하얀 구름들이 보들보들한 솜털처럼 햇빛을 부드럽게 감싸주고 있고요. 발밑에 모래는 얼마나 부드러운지 포근한 이불 위를 사뿐사뿐 걷는 것 같아요.

갑자기 하와이라니. 여행 온 거 아니냐고요? 아니에요. 저 결혼해서 하와이로 오게 됐어요. 남편분은 하와이 교포 출신 디렉터에요. 라리나 최를 광고 모델로 삼았을 때

닿았던 인연이 연인으로 이어졌네요. 마음고생이 심하던 당시 저를 지극정성으로 위로해줬어요. 특히 저에게 해주었던 미국 속담이 아직도 기억이 나요.

"아웃오브 사이트, 아웃오브 마인드."

시야에서 멀어지면, 마음에서 떠나간다. 그러니 나와 같이 하와이로 가면 사람들은 당신에 대해 잊어버릴 거라고. 마치 독립회사의 논란이 사그라들었듯이 말이죠. 그래서 저는 호놀룰루행 비행기를 타게 되었어요.

걷다 보니 해변 근처 카피올라니 공원에 왔어요. 사람이 북적북적해요. 오늘은 레이 데이라고 하네요. 그래서 어딜 가도 사람들이 꽃으로 만들어진 목걸이를 나눠주고 있었어요. 이걸 하와이안 레이라고 하는데, 마치 제 새로운 시작을 축하해주는 것 같아요. 제가 곧 결혼할 거라고 하니까 피카케라는 예쁜 흰 꽃을 목에 걸어 줬어요. 레이를 만들 때는 부정적인 생각은 버리고 긍정적인 생각만 가진다고 해요. 왜냐면 레이를 쓴 사람에게 최대한 좋은 기운을 주기 위해서라네요. 은은하게 코끝에 번지는 레이의 향처럼 아름답지 않나요. 이렇게 마음이 안정되니 한국에서 벌어졌던 일은 생각도 나지 않더라고요.

어머, 무대 공연장으로 사람들이 모이기 시작하네요? 우쿨렐레 소리가 들려요. 곧 훌라 공연을 하려나 봐요. 저게 마지막 공연이라고 하네요. 남편이랑 서둘러서 보러 가야겠어요. 이제 작별을 고할 시간이네요. 생각해보니 여러분과 저는 다신 만날 일은 없겠네요. 그럼 알로하. 영원히요.

# 등(燈)

김별

이 모든 것은, 엄마의 김치 씹는 소리 때문이다. 나는 들을 만큼 들었다. 엄마는 어쩌다 한두 번 일을 쉴 때 빼고는 매일 자정을 넘겨서야 집으로 돌아왔다. 그날도 나는 엄마가 올 때까지 리모컨을 손에 쥐고 소파에 드러누워 티브이 채널을 돌리고 있었다. 거실 전등은 며칠 전부터 깜빡거리기 시작했다. 마지막으로 형광등의 전구를 갈아준 것은 키가 작은 남자였다. 그는 식탁 의자에 올라서서 뒤꿈치를 최대한 들어 올렸다. 고개를 쳐들고 전구 알을 붙잡고 돌려대느라 뒷목을 수십 번 잡던 그는 그 뒤로 소식이 없었다. 나는 범죄 관련 심야 프로그램에서 한 여성의 인터뷰 장면을 보면서, 그 남자가 까치발을 들고 전구를 갈아주던 때가 언제였는지 생각했다. 티브이 속 여성은, 얼굴을 전부 가리고 음성을 변조하고서 새벽 귀갓길에 봉변을 당할 뻔한 이야기를 늘어놓고 있었다. 아무리 기억을 더듬어봐도 그가 입고 있던 옷밖에는 뚜렷하게 생각나는 것이 없었다. 그가 꽤 한참 동안 전구를 가는 바람에 어쩔 수 없이 의자 등받이를 붙잡고 서서 보았던 그의 밤색 정장 바지는 유독 엉덩이와 사타구니 쪽에 보풀이 잔뜩 일어나 있었다.

나는 티브이를 보다가 잠깐 졸았던 것 같다. 현관문 밖으로 구둣발 소리가 났다. 눈을 떴다. 얼굴을 모자이크 처리한 채 인터뷰하던 여성은 사라졌다. 홈쇼핑 쇼호스트는 엉덩이 볼륨을 살리는 남성용 힙업 팬티를 색깔별로 들고서 뒤태의 중요성에 대해서 열변을 토하고 있었다. 붉은 벽돌로 쌓아 올린 빌라는 나보다 나이가 열 살은 더 먹었다. 사는 곳은 5층이었지만 엘리베이터가 없었다. 엄마는 밤마다 계단을 오르느라 땀을 흠뻑 쏟았다. 그럼에도, 그녀는 점점 살이 쪘다. 그녀는 매달 한 번씩은 관절 약을 처방받기 위해 병원을 들렀다. 의사는 체중을 줄여야 한다고 말했다. 그녀는 그 순간에는 차량 장식용 흔들 인형처럼 고개를 정신없이 끄덕였지만, 그때뿐이었다. A4용지 두께만큼 얇아진 연골과 길고 가느다란 구두 굽은 매일 불어나는 무게를 견딘다고 애를 썼고, 그날따라 그녀의 구둣발 소리는 평소보다 더 둔탁하고 고통스럽게 들렸다.

띠띠띠띠. 현관문 도어락에서 경보음이 났다. 엄마는 이번에도 비밀번호를 잘못 입력한 모양이다. 그녀는 늘 쫓기는 사람 같았다. 나는 그녀의 뒤통수 정중앙에 권총 총구를 들이대는 남자를 상상했다. 그는 엄마의 귓구멍에 바람을 불어넣듯 십부터 일까지 숫자를 거꾸로 읊기 시작했다. 남자가 이제 막 숫자 일을 말하려는 순간, 도르륵 하고 도어락이 해제되었다. 문이 열렸다. 정말 누군가 바지 주머니에 권총 한 자루를 숨기고서 계단에 숨어 그녀가 오기만을 기다리고 있기라도 했던 것처럼, 그녀는 문을 열자마자 집 안으로 뛰어 들어왔다. 그녀가 입고 있던 붉은색 반팔 원피스는 겨드랑이 쪽에 동그랗게 땀이 번져 그 부분만 유독 색이 짙었다. 그녀는 내가 집 안에 있는지조차 신경 쓸 겨를도 없이 소파 위로 핸드백을 던졌다. 핸드백은 내 옆구리를 맞고 거실 바닥으로 굴러떨어졌다. 그녀는 부엌으로 곧장 걸어갔다. 그녀는 다리에 붙은 벌레라도 떼어내려는 것처럼 신경질적으로 스타킹을 벗겨내며 걷느라 여러 번 자빠질 뻔했다. 그러고 나서 벗은 스타킹은 그 자리에 그대로 던져놓았다. 그녀는 냉장고 앞으로 가 손잡이를 잡아당겼다. 그녀가 허리를 굽혀 안쪽을 살폈다. 냉장고 내부 램프가 켜지면서 푸른빛이 그녀의 얼굴을 덮었다. 어두운 지하층에서 일하느라 화장을 고칠 필요가 없었던 모양인지 허연 파우더가 군데군데 벗겨져 피부가 얼룩덜룩했다. 그녀는 한참 동안 냉장고 안을 살펴보다가, 오랫동안 서 있느라 퉁퉁 부은 한쪽 종아리를 손으로 잡고 살을 쥐어뜯듯이 주무르기 시작했다. 언젠가부터 그녀의 무릎 뒤쪽에 길고 가늘게 보이기 시작한 푸른 혈관은 어느새 발목 위까지 담쟁이 넝쿨처럼 굵은 가지를 뻗고 있었다. 그녀는 가슴 깊숙한 곳에서 커다랗고 묵직한 날숨을 푹 내뱉고서 냉장고 앞에 주저앉았다. 나는 소파에 누워서, 속살을 내보이고 바닥에 나뒹구는 살구색 스타킹을 내려다보았다. 엄마는 냉장고 아래 칸으로 손을 뻗었다. 나는 소파에서 몸을 일으키려다가 말고 다시 티브이쪽으로 시선을 돌렸다. 쇼호스트는 아직도 팬티를 팔고 있었다. 엄마는 크고 단단한 김치통을 꺼냈다. 나는 쇼호스트가 마네킹의 도톰한 엉덩이를 만지려고 손을 뻗던 찰나, 화면을 돌렸다.

얼굴이라도 씻고 먹어. 나는 말했다.

바뀐 채널에선 발로 밟힌 것처럼 납작한 코를 가진 남자가 무대 뒤에서 걸어 나왔다. 관객들이 그를 반기느라 소리를 질렀다.

시끄러. 쳐 자려면 티브이나 쳐 끄지. 정신빠진 년이.

엄마는 김치통 뚜껑을 열었다. 관객들은 동전만 집어넣고 돌리면 또르르 떨어지는 뽑기처럼, 남자가 말을 끝낼 때마다 웃었다. 나는 리모컨 버튼을 눌러 소리를 키웠다. 엄마는 한 손에는 뚜껑을 들고 나머지 손으로 통 안에 든 김치를 끄집어냈다. 나는 티브이 볼륨을 높였다. 내가 자세를 바꾸자 소파 가죽에서 뽀드득 소리가 났다. 눈 밟을 때 날 것 같은 소리다. 나는 그 소리를 좋아한다.

엄마는 김치통 안에 손을 집어넣어 양념에 푹 절인 무를 끄집어내어, 몸통의 가장 통통한 윗부분부터 입에 넣고 씹기 시작했다. 어금니 사이로 무가 조각날 때마다, 시뻘건 김치 국물이 그녀의 입꼬리에 고였다. 그녀는 손등으로 입가에 묻은 양념을 슥 닦아내더니, 무슨 생각이 났는지 몸통의 절반쯤 씹어 삼킨 무를 다시 통 안에 두고 몸을 일으켰다. 그러다 다리에 쥐가 나 식탁 등받이에 기대 한참 서 있었다. 그녀는 조금 견딜만해지자 싱크대 구석 쪽으로 다리를 살짝 절면서 걸어갔다. 밥솥이나, 전자레인지 같은 주방 기기를 놓기 위해 세워둔 선반에는 그것 말고도 잡동사니가 가득 쌓여 있었는데, 대부분 유통기한이 지난 영양제

와 먹다 남은 약봉지였다. 그녀는 선반 맨 위 칸에 놓인 밥솥 뚜껑을 열어 내솥을 통째로 꺼내 들고, 원래 있던 자리로 돌아와 앉았다. 그녀는 음식을 입안 가득 넣고 씹으면서, 숟가락으로 밥솥을 긁어댔다. 나는 자세를 바꿔 티브이를 등지고 누워 소파 등받이에 얼굴을 처박았다. 소파에서 아까처럼 눈 밟는 소리가 났다. 이번에는 포장용 에어캡을 손톱으로 터뜨리는 소리 같기도 했다. 내가 알고 있는 사람들은 대체로 그런 소리를 좋아했다. 나 또한 그랬다. 하지만 그날은 달랐다. 관자놀이 부위의 동맥을 누군가 면도칼로 살짝 찢었다가 얇은 바늘로 한 땀 한 땀 꿰매고, 다시 칼끝으로 실밥을 하나하나 뜯어내기를 반복하는 것처럼 날카롭고 찌릿한 통증이 일었다. 엄마가 당장 닥쳐주면 모든 게 해결될 일이었다. 아니면, 휴대폰의 용량이 가득 찼을 때 언제 설치했는지도 잊었을 만큼 잘 사용하지 않는 어플리케이션을 찾아내 지우듯이 나만 이곳에서 사라지면 될 일이었다. 엄마는 늘 하던 대로 자정 넘어 집에 돌아와 온종일 아무도 사용하지 않는 소파 위에 핸드백을 던져두고 벌레 같은 스타킹을 벗겨낸 다음 냉장고를 털어먹고 나서 이빨도 닦지 않은 채 거실 바닥에 누워 잠이 들었다가, 창밖으로 하교하는 아이들이 떠들어대기 시작할 즈음 느지막이 눈을 떠 출근을 하고, 다시 누군가에게 쫓기듯 비밀번호를 잘못 눌러대는 일을 반복하면 된다. 하지만 나는 딱히 갈만한 곳이 없었다. 거실과 부엌을 구분하려고 설치된 문은 걸리적거리기만 해서 일찍이 떼어 버렸고, 그나마 하나 있는 방은 관이 따로 없었다. 사람 하나가 누우면 꽉 찼다. 옷이나 가방 같은 잡동사니를 죄다 방안에 넣어두어, 방보다는 커다란 수납장에 가까웠다.

이곳에 오래 지내는 동안, 곳곳마다 물건이 많이 쌓였다. 하도 사용하지 않아 이제는 용도를 알 수 없게 된 물건들도 많았다. 나 또한 그런 것들과 별반 다르지 않아서, 이곳에 머무는 동안에는 스스로를 수많은 잡동사니 중 하나쯤으로 여기면 지낼 만했다. 딱히 어떤 생각이 들기 시작하면 쓰레기통을 비우듯 싹 긁어모아 치워 버리면 그만이었다. 그런 일에는 딱히 별다른 노력이 필요하지도 않았다. 하지만 그날은 그게 잘 안 되었다. 숨쉬는 것을 의식하기 시작하면 괜히 호흡이 힘들고 답답해지는 것처럼, 그날따라 거실 한구석을 차지하고 있는 내 부피가 너무 크게 느껴졌다. 날씨 탓인지도 몰랐다. 장마가 지나고 폭염이 찾아왔다. 이제는 해가 지고 밤이 되어도 열기가 식지 않았다. 후텁지근한 집안 공기에 시큼한 김치 냄새까지 섞여, 낮 동안 뜨겁게 달궈진 고철 쓰레기통에 처박힌 기분이었다.

엄마는 아직 씹지도 않은 밥알이 그대로 남아 있는 입

안으로 총각무를 우겨넣었다. 피가 끓는 기분이다. 다시 생
각해봐도 새삼스러울 것이 없었다. 나는 그녀가 밤마다 의
식을 치르듯 입을 크게 벌려 음식을 씹어대는 것을 보고 들
은 지가 올해로 십 년째가 되었다. 내가 초등학교에 입학
한 뒤로 거의 하루도 빠짐없이 겪어온 셈이다.


뭐가 웃기다고 쳐 웃어, 웃기를. 엄마는 밥알과 김치를
함께 씹으며 말했다. 티브이 속 남자는 여전히 너무나 쉽게
뽑기에 당첨되고 있었다. 뻘건 양념이 물든 씹다 만 밥알
들이 바닥에 툭툭 떨어졌다. 나는 자리에서 일어났다. 여자
관객 중 한 명이 나란히 앉은 옆 사람의 팔뚝을 두들겨 패
며 웃기 시작했다. 나는 에어컨을 켰다.

니가 전기세 내냐. 창문 열어, 기지배야. 엄마는 떨어
진 밥알을 주워 입안에 넣으며 말했다.

씨발년. 내가 말했다.

나는 그 말을 하지 말았어야 했다. 관자놀이에서 시작
된 찌릿한 통증은 이마 주변으로 퍼졌다가 안구 내부까지
타고 내려왔다. 아이스크림 스푼으로 두 눈을 후비어 파내
는 기분이었고, 그 때문인지 자꾸 눈물이 났다. 나는 제정
신이 아니었다. 지금까지 그래왔던 것처럼 아무렇지 않게
지낼 수도 있었다. 여름은 금방 지나갈 것이고, 한동안 뜨

거웠던 공기가 식기 시작하면 이런 순간들을 가볍게 넘길 수 있을지 몰랐다. 엄마는 양념이 묻은 손가락을 입에 넣고 쭉 빨더니 내 쪽으로 걸어왔다. 그녀는 손을 뻗어 내 머리카락을 움켜잡았다. 방금 전 입안에 넣고 빨던 손이었다. 토할 것 같았다. 그녀의 몸과 가까워질수록 심해지는 시큼한 김치 냄새와 술 냄새 때문에, 최대한 거리를 두려고 엉덩이를 뒤로 뺐다. 그녀는 술을 마시면 힘이 세진다. 예상대로라면 그녀는 뺨을 몇 대 때리는 것으로 끝낼 기세가 아니었다. 엄마가 한 손으로는 나를 붙들고, 다른 한 손을 번쩍 추켜들었다. 그녀가 뺨을 휘갈겼다. 뺨을 맞아 아픈 것보다, 맞는 순간 혀를 씹는 바람에 눈물이 왈칵 났다. 눈물 때문에 눈앞이 가려져 엄마의 얼굴이 일그러져 보였다. 나는 엄마를 쳤다.

누군가를 주먹으로 친 것은 그날이 처음이었다. 그 사람이 엄마라는 사실도 그랬다. 나는 그 사실을 깨닫고 난 다음에도 그녀를 여러 번 쳤다. 머리통을 얻어맞고 쓰러진 그녀가 욕을 하며 내게 달려들었다. 나는 그녀를 밀쳤다. 제발 좀 닥쳐. 나는 소리쳤다. 그녀에게 발길질했다. 땀과 눈물이 구분할 수 없게 동시에 쏟아 내리는 바람에 눈앞이 흐렸다. 발을 휘두를 때마다 그녀의 몸 어디를 가격한 것인지 가늠할 수 없었다. 그녀가 더 이상 입 밖으로 어떤 소리도 내뱉지 못할 때까지 쉬지 않고 때렸다. 그녀는 소파 위에 얼굴을 처박고 거칠게 숨을 쉬었다. 그러면서도 다시 고개를 돌려 헝클어진 머리카락 사이로 나를 노려보았다. 그러고 나서, 숨을 길게 들이마시며 몸을 일으키려고 안간힘을 썼다. 나도 이제 힘이 얼마 남지 않았다. 나는 온 힘을 다해 그녀의 얼굴을 발로 찼다. 그것이 마지막이다.

그러니까 내가 집을 나온 이유는 아무리 생각해봐도 그 빌어먹을 김치 씹어대는 소리 때문이다. 나는 곧장 달아났다. 그리고 지금은 온 사방이 새빨간 집에 있다.


이곳은 그의 집이다. 좀더 구체적으로 말하면 그가 묵고 있는 달방이다. 그는 내가 처음으로 사귄 남자다. 모텔방은 딱히 비용을 들여 꾸며놓은 구석이 하나도 보이지 않았다. 딱 용도에 맞게 지어진 저렴한 모텔 그 이상도 이하도 아니었다. 흰색 페인트를 바른 한쪽 벽면에 비치된 티브이 선반에는 간단한 목욕용품과 티백 두 개, 전기 포트가 있었고, 맞은편에는 더블 침대와 2인용 원형 테이블, 그리고 의자 두 개가 있는 것이 전부였다. 이런 것보다, 내가 처음 이곳에 왔을 때 제일 난감했던 부분은 네모난 천장 테두리를 따라 설치된 붉은색 LED조명이었다. 조명 스위치를 켜면 천장과 벽에 반사된 조명 빛 때문에 방 안이 시뻘겋게 변했다. 그는 잘 때조차 조명을 켜뒀다. 침대 위에 둘이 옷을 벗고 누워있으면 정육점 쇼케이스에 진열된 고깃덩어리가 된 기분이 들었다. 나는 이 방에 지내기 시작한 이후로 단 한 번도 밖으로 나간 적이 없다. 이곳은 창마다 검정 도트 무늬를 일정하게 박아 놓은 낡은 싸구려 커튼을 달아 놓았다. 한번은 창문으로 밖을 내다보려고 커튼을 걷으려다가, 그에게 뒤통수를 얻어맞았다. 그러고 나서도 그에게 주먹으로 한참은 더 맞았던 것 같다. 그에게 처맞기 시작한 후로 얼마나 시간이 흘렀는지 정확히 알 수 없다. 방안에는 시계가 없었다. 휴대폰으로 유일하게 시간을 확인해볼 수가 있었는데, 그마저 그에게 빼앗겼다. 그는 내가 뭐라도 갖고 있거나 하고 있으면 화가 치솟는 모양이었다. 그가 나에게 가져간 것 중에서 가장 되돌려 받고 싶은 것은, 그가 어디다 처박아뒀는지 알 수 없는 내 팬티나 옷가지 또는 휴대폰 같은 것들이 아니라, 오로지 시간이다.

나는 그에게 자주 맞았다. 가만 생각해보면 이곳에 지내는 동안, 하루종일 맞는 것 말고는 딱히 하는 일이 없었다. 분명 방금 전까지도 그에게 맞고 있었는데, 그러다 의식을 잃었던 것 같다. 눈을 떠보니 침대와 벽 사이 좁은 공간에 누워있었다. 무슨 이유였는지 생각이 나지 않는다. 그가 내 오른쪽 눈에 주먹을 날렸다. 그가 욕을 하며 내 머리카락을 휘어잡고 눈앞에 자신의 얼굴을 들이밀기에, 순간적으로 앞에 보이는 대로 그의 눈을 쳐다봤을 뿐이었다. 그는 그것이 마음에 들지 않았던 모양인지, 그대로 내 머리를 유리 테이블에 처박았다. 이마 쪽이 불타는 느낌이 들었다. 테이블 모서리에 이마가 부딪치면서 살이 벌어져 그 틈으로 피가 쏟아졌다. 눈동자 위에 뜨거운 물을 여러 방울 떨어뜨린 것 같은 느낌이 들었다. 눈 앞이 깜깜해지고 눈꺼풀이 자동으로 감겼다. 나는 중심을 잃고 바닥에 자빠졌다. 그 후로도 그에게 한참 동안 두들겨 맞았다. 여전히 눈을 뜰 수가 없어서, 손으로 땅을 짚어가며 발길질을 피하느라 방바닥을 바퀴벌레처럼 기어 다녔던 것까지는 기억이 난다.

그는 의자 등받이에 거의 드러눕듯이 기대고 앉아 두 다리는 테이블 위에 올려 둔 채 휴대폰을 들여다보고 있다. 양손으로 폰을 잡고 엄지손가락 두 개로 액정을 쉴 새 없이 두들기는 것을 보아서는 게임을 하는 중인 것 같다. 나는 그가 그 일에 집중하는 동안, 최대한 쥐죽은 듯이 있을 생각이다. 이마 쪽으로 손을 가져가 살짝 문질러 본다. 눈썹 위쪽이 욱신거린다. 눈앞에 손을 바짝 가져다 대고 살펴

보니 피가 많이 묻어 있다. 손가락에 묻은 피를 침대 시트에 대충 문질러 닦는다. 더 이상 할 것이 없어서 침대 쪽 창가에 달린 커튼의 점무늬가 몇 개인지 세어 본다. 속눈썹에 묻었던 피가 굳어 시야가 흐려, 그마저도 쉽지가 않다. 하나, 둘, 셋, 넷. 입으로 소리를 내면 그에게 맞을까, 머릿속으로 천천히 숫자를 센다.

그를 처음 알게 된 것은 인스타그램을 통해서였다. 그가 먼저 내게 디엠을 보냈다. 이제 막 장마가 시작될 때여서 창밖에는 비가 쏟아지고 있었다. 빗방울이 점점 굵어졌다. 밖에서 누가 물먹인 솜뭉치를 뜯어 창문으로 던져대는 것 같았다. 나는 그때 짝짓기 연애 프로그램을 보고 있었다. 이미 재방송으로 몇 번 봤던 회차였지만, 딱히 볼만한 것이 없어서 그냥 틀어두고 있었다. 나는 티브이를 보는 동시에 휴대폰으로 친구가 올린 인스타 사진을 확인했다. 기말고사가 끝나고 방학이 되자마자 머리를 염색한 친구는 남자친구를 새로 사귄 모양이었다. 지난 학기에 찍어 올렸던 스티커 사진 속 남자와는 생김새가 전혀 달랐다. 티브이 속 여성 출연진은 지루하기 짝이 없는 표정으로 커피잔 안에 얼음을 빨대로 이리저리 뒤적거리고 있었다. 나는, 다리를 꼬고 앉아 자기 얘기만 떠들어대는 남자의 말을 흘려 들으면서 친구의 사진에 '좋아요' 버튼을 눌러댔다. 나는 손가락으로 화면을 확대해 남자의 얼굴을 자세히 보았다. 턱이 날렵하고 코가 높았다. 여자가 얼음 하나를 입에 넣고 아그작 씹더니 말했다. 그만 일어날까요? 휴대폰이 진동했다. 그였다. 그가 디엠으로 말을 걸어왔다. 그는 내 프로필 사진이 마음에 든다고 했다. 나는 방금전 화면에 비친 여성 출연진과 비슷한 표정으로 메시지를 읽다가 어차피 할 일도 없어서 대충 고맙다고 짧게 답을 적어 보냈다. 그것이 시작이었다. 티브이 속에 지루한 데이트는 끝이 나고, 수많은 방송인이 등장했다가 사라지는 동안에, 그와 계속해서 이야기를 나누었다. 우리는 대화가 잘 통했다.

엄마는 자주, 남자는 다 짐승에 불과하다고 말했다. 엄마가 새로 사귄 남자가 처음 우리 집을 방문한 날도 그랬다. 내가 센 것이 정확하다면 그는 열다섯 번째 짐승이었다. 그도 전등을 갈아주러 들렀다가 밥을 얻어먹게 되었다. 그는 턱 주변에 아주 큰 점이 하나 나 있었다. 마침 그날 밥상에 그의 점만한 콩자반이 올라 있어서 괜히 구역질이 났다. 나는 그가 콩자반을 젓가락으로 뒤적거리는 꼴을 보다 말고 속을 달래려고 화장실로 갔다. 나는 수돗물로 입안을 헹구고 나서도 한참 동안 화장실에 머물러 있었다. 엄마는 내가 밥을 먹다가 잠시 똥을 누러 간 줄 알았겠지만, 나는 변기에 쪼그려 앉아서 엄마가 되도록 빨리 그 콩자반과 키스를 끝내기를 기다리고 있을 뿐이었다. 콩자반은 키스가 서툴렀다. 화장실 문틈으로 그가 혓바닥으로 엄마의 잇속을 훑느라 침을 찔찔 흘리는 꼴을 보고 있자니 안쓰럽기도 했다. 엄마는 눈을 뜨고서 그가 그러고 있는 꼴을 쳐다보고 있었다. 그녀는 자주 챙겨보던 드라마가 결방한 날에도 같은 표정을 지었다. 그날 엄마는 999번 채널에 등장한 바둑 기사가 텅 빈 바둑판을 앞에 놓고 바둑알을 쉴 새 없이 집었다 놨다 하는 모습을 보면서 말했다. 어후, 지겨워.

엄마는 왜 눈을 뜨고 키스를 해? 나는 콩자반이 사라진 뒤, 소파 밑에 쪼그려 앉아 발톱을 깎으며 물었다. 엄마는 행주로 밥상을 벅벅 닦으면서, 화장실 안에서 훔쳐봤던 그 표정을 하고 나를 쳐다보았다. 응큼한 년이네, 이거. 엄마는 싱크대 앞으로 가서 그가 키스를 정신없이 해대느라 먹다 남기고 간 밥을 음식물 쓰레기 봉투에 쏟아부으면서 말했다.

어차피 다 짐승 새끼들이야. 기왕 속을 거면 아싸리 돈 많은 놈 물어와.

엄마의 말이 맞는지 모르겠다. 그도 엄마가 만났던 남

자들과 별반 다르지 않을 수도 있었다. 하지만, 그게 사실이더라도 별 수가 없었다. 나는 집을 나오는 동안 결정을 했다. 그에게 속기로. 나는 엄마를 쳤다. 그것도 여러 번. 갈 만한 곳도 없었다. 정말 제정신이 아니었다. 아무리 급해도 맨발로 뛰쳐나올 수는 없었다. 눈에 보이는 대로 신고 나온 크록스는 한쪽 밑창에 엄지손가락이 충분히 들어갈 만큼 구멍이 났다. 목이 다 늘어난 티셔츠에 아래로는 무릎이 나온 추리닝 바지 차림이었고, 가지고 나온 돈도 없었다. 그러니까 속는 것 말고는 딱히 방법이 없었다. 사실 속아본 적도 처음이어서, 그게 어떤 것인지 구체적으로 상상해볼 겨를도 없이 그에게 메신저로 말을 걸었다. 돈이 한푼도 없다고 하니, 그가 친절하게 택시를 불러주었다. 해가 떠있는 동안 뜨겁게 달궈진 아스팔트는 아직도 열기가 느껴졌다. 나는 텅 빈 도로 위에 쭈그려 앉아 택시를 기다렸다. 나는 정말 완전히 속았다.

　도망친 지 삼 일째 되던 날이었다. 그는 수시로 내가 폰으로 친구들과 나눈 메시지나 인터넷 검색 기록을 확인했다. 친부모를 두들겨 패고 달아난 정신 나간 여고생에 관한 기사가 혹시 떴는지 검색해 본 것이 전부였다. 다행인지 불행인지, 뉴스에서는 온통 먼 바다에서 북상하고 있는 태풍이 어느 쪽으로 방향을 틀었는지 떠들어대는 얘기뿐이었다. 그래도 그때까진 휴대폰 정도는 볼 수 있었고, 이곳에 오고 난 뒤로 시간이 얼마나 지났는지도 확인할 수 있었다. 아무리 무인 모텔이라 하더라도, 매달 세를 내고 빌려 쓰는 곳이라면 보통 청소를 하거나 관리하는 사람이 어쩌다가 한 번이라도 돌아다닐 법도 한데, 방 밖은 늘 고요했다. 그가 세든 방만 뚝 떼어 변기 속에 던져 넣고 물을 내려버린 것 같았다. 찐득하고 깊은 어둠 속에 빨려 들어간 것처럼, 간간이 건물 배수관을 통해서 들리는 물소리 외에는 인기척이 없었다. 여긴 청소해주는 아줌마는 안 와? 내가 물었다. 정말 궁금해서 한 말이기도 했고, 나를 대하는 그의 태도가 점점 두려워서 나온 말이기도 했다. 아마도 그 순간부터였던 것 같다. 그가 나를 본격적으로 때리기 시작했던 것이.


그가 찍어준 주소는 도시 외곽에서 조금 더 들어간 곳이었다. 만약 이곳을 운 좋게 도망친다고 해도 딱히 도움을 요청할만한 곳이 없어 보이는 인적이 드문 곳이었다. 이런 곳만 주로 찾는 사람들을 위해 마련된 모텔이 군데군데 세워져 있는 것 말고는, 사람이 들어가 살만한 곳은 딱히 없어 보였다. 밖에서 본 무인 모텔은 꽤 크고 높아 보였고, 벌

집처럼 촘촘하게 창문이 나 있었다. 방을 너무 많이 만들어 놓은 탓인지, 모텔 진입로에는 장기 투숙 가능이라고 적힌 나무 팻말이나 족자가 많이 보였다. 그는 이전부터 주로 이런 곳을 찾아 지내는 모양이었다. 나는 달방을 이번에 처음 알았기 때문에, 이런 곳에 사는 사람도 처음 보았다. 그는 싸구려 모텔방과 잘 어울렸다. 그는 면도를 자주 하지 않는 편이었다. 그가 털이 듬성듬성 난 얼굴로 언제 갈아입었는지 기억도 나지 않는 팬티 차림으로 사방이 시뻘건 모텔방에 정육점의 돼지고기처럼 누워있는 꼴을 보면, 시간 가는 줄 모르고 대화를 나누던 남자는 남몰래 홀로 병에 걸려 뒤졌다고 생각하는 편이 나았다.

　이런 곳을 찾는 사람들은 인테리어 따위는 크게 신경 쓸 필요가 없을 테니 상관이 없겠지만, 천장 조명 때문에 방에 있다 보면 정신이 이상해지는 기분이 들었다. 고문을 당하는 기분이었다. 그는 잠을 자는 일에는 흥미가 없어 보였다. 잠이 들었다가도 금방 눈을 뜨고 핸드폰을 들여다보기 일쑤였다. 그는 돈이 궁해지면 가끔 인력사무소를 들를 때 빼고는 주로 방구석에서 게임을 했다. 그러다 그는 그것도 싫증이 나면 섹스를 했다. 그 덕분에 나는 처음 이곳에 올때 입고 온 속옷이 어디 있는지조차 몰랐다. 그가 첫날 벗기고 나서, 어차피 다시 입힐 필요가 없다고 생각했는지 쓰레기통에 버린 모양이다. 나에겐 그가 외출하는 것도 반가운 일은 아니었다. 그가 새벽에 일어나 작업복을 챙긴 뒤 가장 먼저 하는 일은 나를 묶어두는 것이었다. 그는 내 양팔을 가슴 앞쪽에 모아두고, 택배 포장용 노끈으로 몸을 꽁꽁 묶었다. 그 바람에, 양쪽 팔뚝 모두 항상 퍼렇게 멍이 들어있었다. 사실 그는 딱히 나를 묶어둘 필요가 없었다. 나는 어차피 움직이거나 걸을 만한 힘도 없었기 때문이다.

커튼의 도트 무늬를 백 개쯤 세다가 깜빡 조느라 숫자를 놓쳐서 다시 세기 시작한 후로 얼마 지나지 않았을 때, 그가 휴대폰을 침대에 던지더니 나를 구석에서 끄집어낸다. 그가 나를 침대에 쓰러뜨린다. 졸음이 막 쏟아지던 참이어서 그대로 꼼짝 않고 있다. 그가 팬티를 벗는다. 그가 내 몸 위에 올라탈 때면 개미떼가 내 몸을 기어다니는 것 같다. 당장 일어나 시꺼먼 개미떼를 떨어내고 싶지만, 이 와중에도 견딜 수 없이 잠이 쏟아진다. 온종일 맞느라 힘도 다 빠져있어서 움직일 수가 없다. 개미떼는 내 몸의 구멍마다 기어 들어온다. 그것들은 내 오장육부를 빵조각처럼 야금야금 뜯어먹는다. 얼마나 처먹어야 다 먹어 치울 수 있을지 궁금하다. 빨리 끝나길 바랄 뿐이다. 그가 몸을 부르르 떤다. 그가 입으로 짧게 숨을 뱉더니 내 배 위에 풀썩 쓰러진다.

그 새끼가 내 거길 만졌어. 그날 엄마는 자정 넘어 집에 돌아와 그 말을 하고서, 곧장 부엌으로 달려가 음식을 찾아 먹는 대신 현관 앞에 쓰러져 잠이 들었다. 나는 그녀의 머리맡에 서서 허리를 굽히고 양쪽 겨드랑이 밑으로 손을 쑤셔 넣은 다음, 그녀를 거실 안쪽으로 질질 잡아끌었다. 그녀를 소파 밑에 겨우 눕혀두고, 겨드랑이 밑에 손을 끼워넣느라 땀으로 축축해진 손을 닦으려고 화장실로 갔다. 손을 씻고 나서 세면대 위 찬장에서 클렌징 티슈를 꺼내어 들고 나왔다. 엄마는 그동안 정신이 좀 든 것 같았다. 눈을 반쯤 뜨고서 술기운에 속이 좋지 않은지 몸을 뒤척이며 헛구역질을 해댔다. 나는 티슈를 몇 장 뽑았다. 양반다리를 하고 앉아 그녀의 머리를 다리 위에 올려 두고서 화장을 닦아내었다. 그러는 동안, 그녀는 가만히 누워 있었다. 내가 화장을 반쯤 지워내고 인조 속눈썹을 그녀의 한쪽 눈꺼풀에서 뜯어내려고 손을 가까이 가져갔을 때, 그녀가 갑자기 속눈썹을 파르르 떨었다. 그 바람에 속눈썹에 덕지덕지 묻어 있던 검정색 마스카라가 눈 밑에 번졌다. 나는 다시 속눈썹의 한쪽을 잡아 조심스럽게 당기기 시작했다. 그러는 동안, 그녀가 눈을 깜빡이더니 울컥울컥 눈물을 쏟아냈다. 나는 검정 마스카라 용액과 짙은 색 섀도우가 섞인 눈물이 엄마의 두툼한 광대뼈를 타고 내려가 귓바퀴 안쪽에 고이는 것을 내려다보았다. 아직 떼내지 못한 속눈썹을 그대로 남겨둔 채 쓰다 남은 티슈를 공처럼 돌돌 말아 대충 바닥에 던졌다. 그러고 나서 소파 위로 기어 올라가 천장을 보고 누웠다. 그 새끼가 내 가슴을 만졌다고, 너가 알아? 엄마가 말했다. 거실 천장에 매달린 등이 수명을 다했는지 껌뻑거리기 시작했다. 나는 한쪽 팔뚝으로 두 눈을 가렸다. 엄마가 티셔츠 안으로 손을 넣어 가슴팍을 긁어댔다. 한참 동안 긁는 소리가 나다가 멈추길래 내려다보니, 그녀는 어느새 소파 밑에 얼굴을 처박고 잠이 들어있었다. 나는 소파 구석에 처박아 둔 휴대폰을 찾아 들고 화면을 켰다. 그에게 몇 통의 메시지가 와 있었다. 대부분 보고 싶다거나 언제 볼 수 있는지 묻는 내용이었다. 나도 그에게 비슷한 내용의 답을 보내고서, 팬티 속에 손을 쑤셔 넣었다. 소파 밑에서 코를 고는 소리가 작게 들렸다. 나는 그 소리보다 더 작게 신음하며, 끈적끈적한 질 안으로 손가락을 천천히 집어넣었다. 핸드폰이 윙 하고 울렸다. 자리에서 일어나 끈적한 손을 휴지로 닦은 다음, 메시지를 확인했다. 양쪽 엄지손톱으로 액정을 가볍게 두들겨 화면에 글자를 적어 넣었다. 집 나가버릴까. 글자 옆으로 종이비행기 표시가 활성화되었다. 휴대폰 화면을 껐다.

눈을 뜬다. 그는 사라지고 없다. 빌어먹을 개미떼가 딱 죽지 않을 만큼만 속을 파먹고 흩어진 모양이다. 나는 요새 정신을 자주 잃는다. 먹은 것이 거의 없다 보니 그럴만했다. 그는 주로 편의점에서 산 음식들로 끼니를 챙긴다. 내가 이곳에 온 뒤, 며칠 동안은 나도 컵라면이나 삼각김밥, 핫바 같은 것들로 요기를 했다. 그러다가 나중엔, 그가 먹다 남긴 안줏거리를 주어먹었다. 주로 육포 조각이나 감자칩, 참치 통조림 같은 것들이다.

그가 방문을 열고 들어온다. 손에는 검은 봉지가 들려 있다. 그는 테이블 위에 맥주캔과 과자, 먹을거리들을 쏟아 놓는다. 그가 의자에 다리를 꼬고 앉는다. 그는 맥주캔을 따 홀짝거리면서 티브이를 튼다. 그는 외국 축구 선수들이 인조잔디 위를 이리저리 뛰어다니는 모습을 보며 테이블을 두드리거나 욕을 하다가, 선수 중 한 명이 골을 넣자 자리에서 일어나 박수친다. 그가 다시 의자에 앉더니 티브이를 뚫어지게 보면서 테이블 위로 손을 뻗어 젤리를 집어든다. 그가 손바닥만한 젤리 봉지 속에 손가락을 쑤셔 넣고 뒤적거린다. 그는 미친놈처럼 욕을 하다가 낄낄대기를 반복하면서 설탕 부스러기가 잔뜩 묻은 통통한 지렁이 모양 젤리를 하나 끄집어내 질겅질겅 씹는다. 일루 와 봐. 그가 어금니 사이에 낀 젤리를 손톱으로 긁어내며 나를 부른다.

나는 침대에서 겨우 몸을 일으켜 그가 있는 쪽으로 걸어간
다. 그는 나를 세워두고 옷을 벗긴다. 그는 내가 설탕이 잔
뜩 묻은 젤리라도 되는 것처럼 내 가슴과 배, 그리고 사타
구니를 입으로 빨기 시작한다. 머릿속에 얼굴에 커다란 점
이 있던 콩자반의 얼굴이 떠오른다. 얼굴에 콩만한 점을 단
남자가 엄마에게 그랬던 것처럼, 그가 혀를 내 입안에 넣고
마구 핥기 시작한다. 구역질이 난다. 그의 심기를 건드릴
까 두려워 눈을 질끈 감는다. 머릿속으로 바둑기사가 바둑
판을 뚫어지게 내려다보는 장면을 생각하고, 그 옆에 수북
이 쌓여있던 까만 바둑알들을 떠올려 하나씩 세어 본다. 그
러다 갑자기 몸이 붕 뜨는 바람에, 눈을 뜬다. 그가 나를 들
어 자신의 배 위에 올려 둔다. 그가 팬티를 내린다. 나는 온
종일 먹은 것이 없어서 그가 원하는 대로 몸이 움직이질 않
는다. 존나 재미없네. 그가 말한다. 그는 손바닥으로 내 머
리를 툭툭 친다. 제대로 좀 해봐. 나는 맞기 싫어서 어떻게
든 몸을 움직이려고 애를 쓴다. 배가 고프다. 그의 몸 위에
서 움직일 때마다 텅텅 빈 위장에서 위액이 울컥울컥 쏟아
지는 바람에, 누가 손톱을 세워 위장 벽을 마구 파내는 것
같다.

　뱃속에서 묵직한 덩어리 같은 것이 질벽을 타고 빠져
나간다. 사타구니 안쪽에 벌레가 기는 느낌이 들어서, 아래

를 내려다본다. 새빨간 피가 다리 사이로 쏟아진다. 가지가
지하네. 그가 소리친다. 그가 나를 침대 위에 던지듯 내려
놓고 몸을 일으켜 욕실로 달려간다. 샤워기에서 타일 바닥
으로 물이 떨어진다. 두 다리 사이에서 뜨겁고 진득한 액체
가 계속해서 흘러나온다. 나는 허연 시트 위로 빨갛고 동그
란 무늬가 점점 커져 가는 것을 지켜본다. 씨발. 나는 말한
다. 내 목에서 난 소리지만 놀랄 만큼 낯설다. 이곳에 온 지
무려 한 달쯤 된 것이다. 침대에서 일어나 둥근 유리 탁자
쪽으로 움직인다. 원탁 앞에 서서 그가 남긴 젤리를 입에
털어 넣고 한꺼번에 씹는다. 입안에 아직 젤리가 남아 있는
데도, 먹다 버린 컵라면 용기 속에 고여 있는 국물을 입안
으로 쏟아붓는다. 그가 밤낮으로 주먹질을 해대는 바람에
입안이 온통 헐었다. 음식을 씹을 때마다 아직 덜 아문 입
안 상처가 벌어져 피가 난다. 그때마다 녹슨 파이프를 빨아
대는 것 같지만 상관없다. 손에 잡히는 대로 씹을 수 있는
것은 전부 씹어 삼킨다. 샤워기 소리가 멈춘다.

야, 이 미친년아. 이거나 치우고 처먹던가. 그가 말한다.
그가 피묻은 이불을 걷어내어 내게 던진다. 나는 그가
그러는 동안에도 손에 잡은 과자 봉지 안에 부스러기들을
모아 입에 털어 넣느라고 정신이 없다. 과자 봉지를 깨끗이

비우느라 손가락에 묻어난 기름까지 혓바닥으로 남김없이 핥는다. 정신없이 씹어 삼킨 음식물이 쪼그라든 위장을 겨우 통과해 창자 속으로 깊숙이 내려간다. 배가 따뜻해지는 기분이다. 눈물이 쏟아져 앞이 보이지 않는다. 그가 던진 이불을 집어 들어 얼굴을 벅벅 비벼 닦는다. 여전히 배가 고프다. 나는 모텔 미니 냉장고 쪽으로 기어간다. 그가 내 앞을 막아서서 머리채를 움켜쥐고 흔든다. 그는 내 두피를 잡아 뜯어낼 모양이다. 두 손을 머리 위로 뻗어 그의 손을 붙잡는다. 그러고 나서 있는 힘을 다해 손가락을 머리에서 끌어 내린다. 그것을 입에 넣는다. 나는 씹는다. 그가 소리를 지른다. 나는 그의 단단한 손가락뼈에서 분리된 뭉클한 살덩어리를 어금니로 씹는다. 입가에 시뻘건 피가 고인다. 그가 반대쪽 주먹으로 내 머리 위를 내리찍는다. 입에서 피가 바닥에 툭툭 떨어진다. 입안에 있는 것을 계속 씹는다. 그가 내 배 쪽으로 발길질한다. 그가 몇 차례 헛발질하다가 제대로 내 배를 쳤다. 나는 컥 하고 소리를 내며 입안에 든 손가락을 뱉었다. 그가 미친 사람처럼 살점이 너덜너덜 매달려 있는 손가락을 감싸 쥐고 날뛴다. 그는 더 이상 손을 쓸 수가 없어서, 한쪽 발로 나를 마구 밟는다. 나는 요새 정신을 잘 잃는다. 먹은 것이 거의 없기 때문이다. 시뻘건 조명이 툭 하고 꺼진 것 같다. 눈앞이 깜깜하다.

문이 열렸다. 발소리가 난다. 문이 닫힌다. 조금 뒤 다시 문이 열린다. 그가 무어라 중얼거린다. 다시 문이 닫힌다.


조금씩 의식이 돌아온다. 나는 방바닥에 엎드려 있다. 눈을 뜨기까지는 조금 시간이 걸린다. 겨우 눈을 떠 사방을 살피니 방안이 온통 어둡다. 조명이 꺼진 방은 이전보다 더 낡고 초라해 보인다. 나는 이제 막 걷기 시작한 아이가 된 기분이다. 가장 가까이 놓인 의자 쪽으로 긴다. 의자 다리를 붙잡고 반쯤 몸을 일으켰다가 다시 쓰러진다. 몇 번의 시도 끝에 의자에 기대어 앉는다. 숨을 몇 번 고르고 나서 일어난다. 배가 욱신거린다. 문 쪽으로 천천히 걷는다. 가슴이 뛴다. 마른 침을 삼킨다. 침을 삼킬 때마다 가슴 안쪽을 라이터 불로 지지는 것 같다. 조금 더 걸어가 문고리를 잡는다. 손에 땀이 난다. 문손잡이를 살짝 당긴다. 바닥에 무겁게 내려 앉아있던 어둠이 조금씩 잘려나간다. 나는 가늘고 길게 잘려나간 어둠 위에 서서 문밖을 살핀다. 늘 상상했던 것처럼, 찐득하고 깊은 어둠 대신 복도 시멘트벽이 보인다. 군데군데 페인트칠이 벗겨진 낡은 벽이다. 먼지를 뒤집어쓴 소화기가 덩그러니 세워져 있다. 눈에 보이는 것들은 전부 형편없이 낡았다. 폭이 좁고 긴 복도 천장엔 조명 여러 개가 나란히 달려 있다. 꽃 모양의 촌스러운 형광등이다. 나는 문을 조금씩 더 연다. 주광색 조명 빛이 어둠을 더 크게 잘라 먹는 것을 내려다본다. 나는 앞을 향해 걷는다. 등 뒤로 어둠이 툭 하고 닫힌다.

[내:색] 내色
감정에 색을 입히다.

**초판 1쇄** 2023년 10월 28일

**지은이** 이수진, 고미진, 박혜영, 박선경, 최병찬, 김별

**디자인** 김기현

**펴낸이** 박혜영
**펴낸곳** 아무책방
**주소** 서울시 은평구 서오릉로 253 102동 702호 (03424)
**등록번호** 제 2021-000073호
**전화** 010-5298-0631
**이메일** amubooks@naver.com
**인스타그램** @amubooks
**홈페이지** amubooks.modoo.at

**ISBN** 979-11-978906-6-6

* 이 책은 원주문화재단의 2023년 문화예술지원사업의 후원으로 발간되었습니다.